Die Zukunft hat viele Gesichter. Welches sich uns zuwendet fühlen wir dann, wenn es uns berührt.

In Liebe - für Barbara, Alexandra, Kai, Timon, Nele und Isabelle

Dietmar Dressel

Der Schrei zu Gott

Trilogie

Teil 3

Die Rache der Gräfin

Historischer Roman

Zum Roman

„Die Rache der Gräfin"

„Die Rache der Gräfin" ist der 3. Teil aus der Trilogie: "Ein Schrei zu Gott" und die Fortsetzung vom Roman „Der Medicus und die Nonne".

Der Inhalt dieses Romans berührt die dunklen Seiten des Denkens und Handelns von Männern und Frauen, die von der Dummheit getrieben, der Gier, dem Hass und der Rache nicht widerstehen können und sich förmlich darin laben.

Im Volksmund findet man dafür viele zutreffende Lebensweisheiten, die sich besonders bei solchen Menschen „festklammern", die von einem unbändigen Hass gefesselt sind und der die grausame Rache auf dem Fuß folgt.

„Wer auf Rache sinnt, der reißt seine eigenen Wunden auf. Sie würden heilen, wenn er es nicht täte."

Der Inhalt dieses dritten Teils mangelt nicht an Grausamkeiten, endet allerdings mit dem Sieg der Liebe über den Hass.

Bibliografische Information der Deutschen Nationalbibliothek.
Die Deutsche Nationalbibliothek verzeichnet diese Publikation in
der Deutschen Nationalbibliografie;
detaillierte bibliografische Daten sind im Internet über
http://dnb.d-nb.de abrufbar.

Herstellung und Verlag: BoD - Books and Demand, Norderstedt.
Gestaltung: Alexandra Dressel und Barbara Dressel
Layout: Kai Hintzer
Printed in Germany
ISBN 9 783744 820240

Vor geraumer Zeit wurde auf Facebook und Twitter die Frage gestellt

Who ist Dietmar Dressel about?

Es ist für einen Buchautor und Schriftsteller nicht ungewöhnlich,
dass er mit zunehmender Aktivität im Lesermarkt das
Interesse der Öffentlichkeit weckt und diese
natürlich neugierig darauf ist, um wen es
sich dabei handelt.

Natürlich könnte ich dazu selbst etwas sagen. Ich denke, es ist
vernünftiger, eine Pressestimme zu Wort
kommen zu lassen.

**Nachfolgend ein Artikel von Michel Friedmann: Jurist,
Politiker Publizist und Fernsehmoderator.**

'Wanderer, kommst Du nach Velden". Wer schon einmal im kleinen Velden an der Vils war, der merkt gleich, dass an diesem Ort
Kunst, Kultur und Literatur einen besonderen Stellenwert genießen. Der Ort platzt aus allen Nähten vor Skulpturen, Denkmälern
und gemütlichen Ecken die zum Verweilen einladen. So ist es auch
ganz und gar nicht verwunderlich, dass sich an diesem Ort ein
literarischer Philanthrop wie Dietmar Dressel angesiedelt hat.

Dressel versteht es wie wenige andere seines Faches, seinen Figuren Leben und Seele einzuhauchen. Auch deswegen war ich begeistert, dass er sich an das gewagte Experiment eines historischen
Romans gemacht hatte. Würde ihm dieses gewagte Experiment
gelingen?

Soviel sei vorweg genommen: Ja, auf ganzer Linie!

Aber der Reihe nach. Historische Romanautoren und solche, die sich dafür halten, gibt es jede Menge. Man muß hier unterscheiden zwischen den reinen 'Fiktionisten' die Magie, Rittertum und Wanderhuren in eine grausige Suppe verrühren und historischen „Streberautoren", die jedes noch so kleine Detail des Mittelalters und der Industrialisierung studiert haben und fleißig aber langatmig wiedergeben. Dressel macht um beide Fraktionen einen großen Bogen und findet zum Glück schnell seinen eigenen Stil. Sein Werk gleicht am ehesten einem Roman von Ken Follett mit einigen erfreulichen Unterschieden!

Follett recherchiert mit einem großen Team die Zeitgeschichte genauestens und liefert dann ein präzises, historisches Abbild. Ein literarischer und unbestechlicher Kupferstich als Zeugnis der Vergangenheit. Dressel hat kein Team und ersetzt die dadurch entstehenden Unklarheiten gekonnt mit seiner großartigen Phantasie. Das Ergebnis ist, dass seine Geschichten und Landschaften 'leben' wie fast nirgendwo anders.

Follett packt in seine Geschichten stets wahre Personen und Figuren der Zeitgeschichte hinein, die mit den eigentlichen Helden dann interagieren und sprechen. Das nimmt seinen Geschichten immer wieder ein wenig die Glaubwürdigkeit. Dressel hat es nicht nötig, historische Figuren wiederzubeleben. Das Fehlen echter historischer Persönlichkeiten gleicht er durch menschliche Gefühle und lebendige Geschichten mehr als aus.

Folletts Handlungen sind zumeist getrieben von Intrige, Verrat und Hinterhältigkeit. Er schreibt finstere Thriller, die Ihren Lustgewinn meist aus dem unsäglichen Leid der Protagonisten und der finalen Bestrafung der 'Bösen' ziehen. Dressel zeigt uns, dass auch in einer so finsteren Zeit wie der frühen, industriellen Neuzeit Freundschaft, Liebe und Phantasie nicht zu kurz kommen müssen. Er wirkt dabei jedoch keinesfalls unbeholfen sondern zeigt uns als Routinier, dass er das Metier tiefer Gefühle beherrscht, ohne ins Banale abzugleiten.

Folletts Bücher durchbrechen gerne die Schallmauer von 1000 und mehr Seiten. Er beschreibt jedes Blümchen am Wegesrand. Dressel kommt mit viel weniger Worten aus. Substanz entscheidet!

In der linken Ecke Ken Follett aus Chelsea, in der rechten Ecke Dietmar Dressel aus Velden. Zwei grundverschiedene Ansätze und Herangehensweisen an ein gewaltiges Thema. Wer diesen Kampf wohl gewinnt?

Keiner von beiden, in der Welt der Literatur ist zum Glück Platz für viele gute Autoren.

Inhalt

Ein Haus der Hoffnung

Ein guter Mensch verspricht durch seine Gegenwart nur immer zu viel! Das Vertrauen, das er hervorlockt, die Neigung, die er einflößt, die Hoffnungen, die er erregt, sind unendlich: er wird und bleibt ein Schuldner, ohne es zu wissen.

Johann Wolfgang von Goethe

Wir alle schreiten durch die Gasse, aber einige wenige blicken zu den Sternen auf.

Oscar Wilde

Es reden und träumen die Menschen viel von besserem künftigen Tagen, nach einem glücklichen goldenen Ziel sieht man sie rennen und jagen.
Die Welt wird alt und wird wieder jung, doch der Mensch hofft immer auf Verbesserung.

Johann Christoph Friedrich von Schiller

Es ist schon spät geworden im einstigem Schloss zu Chrieschwitz. So wie es früher von seinen Eigentümern, dem Baron Dietrich und der Baronin Christina von und zu Kneisel genannt wurde.

Durch egoistische und maßlos machtbesessene Maßnahmen dieser Adelsfamilie vom Rittergut Chrieschwitz gegen ihre Untergebenen, also den kleinbäuerlichen Familien und einfachen Handwerkern im Ort, kam es zu schrecklichen Verbrechen an Männern und Frauen, an dessen Folgen der Herr Baron sein Leben auf grausame Weise einbüßte und auch die Frau Baronin nur knapp einem Attentat entkam. Sie überlebte diese Attacke schwer verletzt an Leib und Seele und fand trotz ihres herrischen und ungezügelten Verhaltens die notwendige medizinische Hilfe bei Mertlin dem Bader und einen uneigennützigen, liebevollen Beistand bei Diethelm, ihrem Gutsverwalter. Die heimliche Flucht in ein nahegelegenes Kloster, verbunden mit einer üppigen Geldspende für den Herrn im Himmel bewahrte sie vor der hechelnden Rache der mächtigen Kirchenfürsten in Rom. Ihr Aufenthalt innerhalb der sicheren Klostermauern garantierte ihr nicht nur einen gewissen Schutz, sondern heilte auch ihre körperlichen Wunden und veränderte ihr krasses menschenverachtendes Verhalten gegenüber ihren Mitmenschen. Das war es, nicht nur aber auch, was ihr wieder Kraft und Zuversicht gab ihre Zukunft neu zu gestalten. Wieder zurück zum Schloss zu Chrieschwitz.

Gelassen und entspannt erinnert sich Mertlin an das letzte gemeinsame Gespräch mit der Frau Baronin, genauer gesagt mit Christina. Das ist der Vorname der Baronin von und zu Kneisel. Beide kamen darin überein, das „Sie" wegzulassen und auf ein vertrautes „Du" überzugehen. Es bedurfte seinerseits bei dem Gespräch ob „Sie" oder „Du" erheblicher Redekunst von ihm, Christinas Frage nachdem - welchen Weg sie gehen soll – vertrauensvoll zu beantworten. Letztlich gewann er ihr Vertrauen damit, dass es weniger um ihren Weg gehen würde, sondern das es ein Weg wäre, den sie auch gemeinsam gehen könnten, um anderen Menschen, die unsere Hilfe brauchen, in die Arme zu nehmen. Ihr Schloss, das ihr und ihrem Mann viele Jahre als Herrschaftssitz diente, bekäme einen neuen Namen: „Haus der Hoffnung". Es würde durch die uneigennützige Hilfe und Sachkenntnis von Mertlin dem Bader und Lynhart dem Mönch einen völlig anderen Verwendungszweck bekommen. Sie wollen dieses prächtige Gebäude mit den vielen, unterschiedlichen großen Räumlichkeiten so baulich umgestalten, dass zukünftig kranke und pflegebedürftige Frauen, Männer und Kinder medizinisch behandelt werden können. Für die alten und gebrechlichen Menschen, die dem Tod nahe sind, soll das Schloss oder wie es jetzt genannt wird: „Haus der Hoffnung", ein ruhender Ort der Begegnung zwischen den Welten werden. Bei solchen Gedanken empfinden Mertlin und Lynhart tiefe Dankbarkeit darüber, Menschen gefunden zu haben, die sie mit innerer Überzeugung tatkräftig auf ihrem Weg begleiten werden. Beide hoffen, dass ihre Ideen, ihre Gedanken und ihr gemeinsames Handeln dazu beitragen werden, dass sich bei vielen Menschen ein anderes Verständnis und ein anderes Verhalten zu kranken und pflegebedürftigen Frauen, Männern und Kindern entwickeln möge. Aber nicht nur der Kopf war gefragt, sondern auch erhebliche finanzielle Mittel waren notwendig, um die ausgedachten Veränderungen für das gemein-same Ziel in die Praxis umsetzen zu können.

Allein die baulich notwendigen Um- und Ausbauarbeiten im und am Schloss, als auch die baulichen und bautechnischen Einrichtungen wie: eine zentrale Wasserver- und Entsorgung, eine hygienische Einrichtung für die zentrale Entsorgung der menschlichen Exkremente, Öfen und Heizungsschächte für die Beheizung der Krankenzimmer, Aufenthalts- und Verwaltungsräume, Wasch- und Baderäume und einiges andere mehr waren notwendig, um den reibungslosen Betrieb eines kleinen Krankenhauses zu ermöglichen.

Das allein verschlang bereits eine erhebliche Menge Geld und ohne der großzügigen Spende von Katarina wäre es bald knapp in der Kasse geworden. Die Zuschüsse der Stadtverwaltung Plauen waren mehr als knausrig und die kleinen Geldzuwendungen vom Abt des nahegelegenen Klosters waren zwar gern gesehen – etwas mehr Großzügigkeit wäre Christina sicherlich lieber gewesen. Was blieb, der Hilfeschrei zu Gott, er möge doch die Herzen derer erweichen, die etwas geben könnten, ohne dabei gleich in die Armut zu verfallen. Mit Erleichterung musste Mertlin daran denken, dass der Abt, trotz seines Geizes in Bezug auf Geldspenden, in großzügiger Weise sechs Nonnen seines Klosters, die in der Pflege von kranken Menschen bereits gute Kenntnisse hatten, dem „Haus der Hoffnung" kostenfrei überließ solange, bis sich genügend Frauen aus der Stadt Plauen bereit erklären würden, im „Haus der Hoffnung" zu arbeiten. Finanziell war das keine Belastung für die Hauskasse, weil weibliche Pflegekräfte für ihre Arbeit keinen Lohn erhielten. Notwendig waren nur Unterkunft und Verpflegung.

In diesen, von Krieg und Vandalismus geprägten Zeiten, überlegt Mertlin mit großer Sorge, wurde die Krankenpflege und die medizinische Versorgung von alten und gebrechlichen Menschen doch meistens von Frauen unterschiedlichen Alters geleistet, deren Ehemänner im Kriegsgetümmel ihr Leben verloren oder sie keinen heiratsfähigen Mann mangels Möglichkeiten in ihre Arme nehmen konnten. Widersinniger Weise wurde durch ideologische Vorstellungen und wortgewaltiger Beeinflussung den bürgerlichen Frauen, besser ich sage der Damenwelt mit einem gewissen Bildungsstand der Zugang zum Pflegeberuf strikt versperrt. Was auch immer die Männerwelt als Urheber dieser Verhaltensweise sich dabei auch gedacht haben mag oder denken möge. Was würde ein Mensch möglicherweise in zweihundert Jahren rückblickend auf unsere jetzige Zeit über uns denken? Ja was wohl?

Mein Berufsstand, also der Bader, übt seine Tätigkeit vorwiegend als so genannter „Fahrender" aus. Die kranken Menschen mussten also warten, bis ein „Kundiger" in ihrer Nähe war, um ihnen möglicherweise mit seinen wenigen Kenntnissen und den unzureichenden Hilfsmitteln und Medikamenten helfen zu können. Das bei den oft krassen Wetterbedingungen und mit einem Pferdegespann wahrlich so seine Probleme hat. Die Geburt eines Kindes oder eine große, unfallbedingte stark blutende Wunde können nicht warten, bis ein Bader den Weg zu einer hilfsbedürftigen Familie gefunden hat. Das Elend war und ist ein ständiger Begleiter in den Dörfern und oftmals blieb der Schrei zu Gott der einzige Ausweg, Gottes Hilfe möge ihnen in der Not beistehen.

Auch für die Errichtung von Krankenhäusern, so wie unser „Haus der Hoffnung", muß Mertlin denken, für die so genannten Nichtreichen und Bedürftigen war und sind die Erfahrungen eines Baderchirurgen, mit seinen praktischen Kenntnissen im Bereich Heilkunde, eine tatkräftige Hilfe. Natürlich übernahmen die wissenschaftlich ausgebildeten Universitätsärzte für das wohlhabende Bürgertum in den Städten einen immer größeren Anteil dessen, was sonst überwiegend uns Badern vorbehalten blieb. Die Menschen auf den Dörfern und die vielen sehr armen Männer, Frauen und Kinder in den Städten waren und sind wegen ihres geringen Einkommens abhängig von einem Bader. Er ist preiswert, wenn es sich um eine Behandlung oder um einfache Medikamente handelt. Allerdings folgt dem Bader, trotz flehender Rufe zu Gott, nicht selten der Gevatter Tod, begleitet von unsäglichen Schmerzen, die vergebens auf Linderung hoffen.

Ich brauch mich im Vogtland nur umzuschauen, murmelt Mertlin leise vor sich hin. Der krasse Mangel an fachlich geschultem Pflegepersonal ist wirklich nicht zu übersehen. Wenn ich als Bader an meine vielen Rundreisen zu den Dörfern im Vogtland denke, ist nach wie vor das Defizit von uns ein wesentlicher Grund für die hohe Sterblichkeit bei kranken und verwundeten Männern und Frauen. Noch drastischer ist das Elend bei Kindern. Die oft allein und meist nur mit der mütterlichen Hilfe ein schweres Leben haben. Zwei von vier Kindern erleben selten das dritte Lebensjahr. Und ich weiß was ich sage, denkt Mertlin. In seiner langen Zeit als Baderchirurg konnte er das hautnah erleben.

Es war für uns alle keine leichte Zeit, grübelt Mertlin. Die Sorgenfalten von Christina, der Baronin und Besitzerin des Schlosses und jetzt das „Haus der Hoffnung" zu einem Krankenhaus für die in einfachen Verhältnissen lebenden Landbevölkerung, waren in der Epoche des gesellschaftlichen Umbruchs nicht mehr zu übersehen. Natürlich versteht sie als gebildete Frau und Angehörige der feudalen Klasse eine Menge von Geld und Vermögen. Schon aus diesem Grund denkt Christina dabei nicht nur an das „Heute" und „Morgen", sondern meist ein ganzes Stück weiter in die Zukunft. Sehr zum Gesamtwohl des Krankenhauses. Diese Denk- und Verhaltensweise von Christina bewahrte alle Mitwirkenden am und im „Haus der Hoffnung" davor, unerwartet vor der Tatsache zu stehen, dass Krankenhaus mangels Geld schließen zu müssen. Gottes Hilfe mag ja für die, die daran glauben hilfreich sein. Wenn es allerdings um das liebe Geld gehen sollte, scheint sich der alte Herr im Himmel in Unkenntnis zu wiegen.

Die Pflege und die medizinische Behandlung der leidenden und hilfsbedürftigen Männer, Frauen und Kinder unterschiedlichem Alters, aus den umliegenden Dörfern, ist sehr zeitaufwendig und anstrengend für alle im Schloss, die sich mit viel Fleiß und innerer Überzeugung kranken Menschen sach- und fachgerecht Tag und Nacht und ohne ein Wort der Klage widmen. Besonders für mich, denkt Mertlin. Schließlich bin ich nicht mehr der Jüngste. Am liebsten würde ich mich auf mein Altenteil zurückziehen, anstatt mit meinem Wagengespann weiterhin von Dorf zu Dorf zu fahren, um kranken Menschen zu helfen.

Früher, als er noch gut bei Kräften war, konnte ihn die Arbeit als Baderchirurg nicht viel anhaben. Aber jetzt? Seine neue Tätigkeit wird eine völlig andere Größenordnung vom Umfang her und natürlich auch inhaltlich einnehmen und nach dem Alter seines Körpers wird kein kranker Mensch fragen.

Von solchen Überlegungen angeregt, natürlich nicht nur aber auch, entstand aus Mertlins Gedanken der praktische Plan, aus dem altem, nutzlos gewordenem Schloss, ein Haus für kranke und gebrechliche Menschen zu gestalten. Auch Lynharts Gedanken, an jene Männer und Frauen zu denken, die in Ruhe und in Gottes Nähe sterben wollen, werden berücksichtigt und sollen in das Projekt mit einfließen.

Vertieft in solche grundsätzlichen Überlegungen zu möglichen Veränderungen in seinem jetzigen Leben, klingen im Ichbewusstsein andere Gedanken an, die ihm wieder Kraft und Zuversicht für das Kommende geben. Gedanken an seine Familie beginnen behutsam die Oberhand in seinen sorgenvollen Grübeleien an die Zukunft zu gewinnen.

Sein Schicksal hat es so gewollt, dass er trotz, oder möglicherweise wegen seines fortgeschrittenen Alters sich eine Frau in sein Herz fest eingekuschelt hat und dort für immer bleiben möchte. Gern erinnert er sich an die Zeit in der ihn, und zum ersten Mal in seinem stürmischen Leben als Baderchirurg, die wirkliche Liebe fesselte damit seine Gefühlswelt den Raum finden konnte, um sein Leben nachhaltig zu verändern. Traurig, so räumt er sich in seinen Gedanken ein, ist er darüber wirklich nicht. Seine Seele und sein Herz musste er dazu nicht fragen, die waren und sind sowieso glücklich darüber, dass sich aus einem Baderchirurg und Einzelkämpfer ein gefühlvoller Familienvater entwickelte.

Apropos Familienvater, überlegt er mit innerer Freude. Drei Kinder hat ihn Sieglinde geschenkt. Sieglinde - schmunzelt Mertlin, ist eine Frau, wie sie sich ein Mann nur erträumen kann. Lieb, umsichtig und vertrauensvoll, wie sie zweifelsfrei mit ihm das Familienleben meistert, ist sie trotz mancher unruhiger Zeiten stets der ruhende Pol in ihrem gemeinsamen Leben. Denn das jetzige Zeitgeschehen, in der sie ihre Familie gegründet hatten, ist wahrlich nicht vom Frieden gesegnet worden. Hart und unbarmherzig ist das Leben der Menschen und der schwarze Mann mit der ultimativen Sense wartete nur darauf, sein eigentliches Handwerk auszuüben. Ob ihm diese „Arbeit" Freude bereitet, sieht man ihm nicht an. Vermutlich wäre er nicht besonders traurig, wenn die Menschen durch den Alterstod zu ihm kommen würden. So, wie es eigentlich der Herr im Himmel vorsieht. Die Abschlachterei der eigenen Art war und ist von Gott nicht vorgesehen. Wäre dem so, hätte er sich ja die mühsame Arbeit mit der Schaffung von Adam und Eva ja sparen können. Auch der hilfesuchende Schrei von vielen einfachen und armen Menschen zu Gott, er möge doch mit seiner Allmacht den Menschen helfen, sich friedlich zu verhalten, schien bei ihm kein Gehör zu finden. Vermutlich denkt er darüber nach, ausschließen kann man es vermutlich nicht, dass er bei der Schaffung der Erde und des Menschen vergaß, den Männern und Frauen die menschenverachtende Abschlachterei der eigenen Art bei einem Kriegsgeschehen sorgsam zu erklären. Obwohl er mit seinem Gebot: „ Du sollst nicht töten" – eigentlich eine klare Anordnung gegeben hat. Vielleicht ist ihm dabei entgangen, dass seine menschlichen Zöglinge wenigstens das Lesen beherrschen sollten. Ja gut – wer konnte in der Zeit seiner mahnenden Worte, die er müßig in Stein gemeißelt haben soll, schon lesen? In der heutigen Zeit sind das auch nur wenige Männer. Bei Frauen sind es eher die Ausnahmen. Aber gut, warum soll ich mir darüber den Kopf zerbrechen. Ich werde das mal mit Lynhart diskutieren. Er sollte das ja eigentlich besser wissen als ich. Schließlich ist er ein Mönch und kein Baderchirurg.

Nach einer geraumen Weile meint er die Gedanken seiner Tochter Emma zu fühlen. Vermutlich hat sie Fragen zu ihrer Arbeit und ruft nach Hilfe und Unterstützung. Emma, so muß er denken, ist zwar nach ihrer Mutter geraten, ihre umsichtige und gefühlvolle Hinwendung zu kranken Menschen scheint doch mehr seinem Charakter zu entsprechen. Seit zwei Monaten wird im fast fertiggestellten Krankenhaus ein junges Mädchen behandelt. Sie ist ungefähr im gleichen Alter wie Emma. Seine Tochter kann sich kaum vom Krankenbett des schwer verletzten Kindes trennen. Laura, so heißt die Patientin, ist die einzige Tochter eines Pferdebauern aus Chrieschwitz und wie er aus vielen Gesprächen mit den Eltern weiß, ist Laura ihr „Ein und Alles". Auf der Heimfahrt mit dem Leiterwagen, gezogen von zwei kräftigen braunen Kaltblütern, brach ein Rad am Wagen und der mit Heu vollbeladene Wagen kippte mit seiner schweren Last auf die Seite und rutsche dabei in den Seitengraben. Laura, wie immer bei solchen Fahrten, saß oben auf und viel dabei unglücklich mit dem Rücken gegen einen großen Randstein am Wassergraben. Die Wunde am unteren Rückenbereich ist nicht besonders gefährlich und Mertlin gelang es mit seiner Erfahrung bei solchen Verletzungen und einigen Heilmitteln zur Wundbehandlung, dass sich die Fleischwunde schließen konnte und ein sichtbarer Heilungsprozess in Gang gesetzt wurde. Was sie seit diesem Unfall nicht mehr bewegen kann, sind ihre Beine, obwohl keine sichtbare Verletzung zu erkennen war. Auch meinte Laura, sie würde ihre Beine nicht fühlen. Sie könnte sich in die Wade kneipen, ohne dabei etwas zu empfinden. Schmerzen hat sie keine, aber sie kann allein nicht aufstehen und selbständig laufen. Einer der Knechte von der Schreinerei zimmerte ihr ein einfaches kleines Fahrzeug, so eine Art Schubkarre mit vier Rädern, so dass Emma mit ihr „Ausflüge" im Schlossgarten unternehmen kann. Alles in allem, denkt Mertlin, es gibt Schlimmeres in unseren heutigen Zeiten. Und das mit den Beinen wird sich bestimmt auch wieder einlenken. Jedenfalls versucht er mit aufmunterten Worten der Mutter von Laura das so zu erklären, die jeden Tag nach ihrer Tochter schaut, um zu sehen wie es ihr geht und wie sie ihr viel-leicht helfen kann.

Letztlich bleiben die Hoffnung und die Gebete zu Gott, dass sich das mit dem Laufen und der Gefühlslosigkeit in den Beinen wieder geben möge. Bei so einem Krankheitsbild wie bei Laura wird Mertlin schmerzhaft bewusst, wie wenig wir Menschen von uns selbst wissen. Wäre dem wirklich nicht so, würde manches Leid, schlimme Schmerzen und ein früher Tod möglicherweise vielen Männern, Frauen und Kindern erspart bleiben. Aber – eben aber!

So ein Krankheitsbild wie bei Laura, denkt Mertlin, könnte einem vermuten lassen, dass es so etwas wie eine Lähmung der Gliedmaßen geben würde, obwohl keine sichtbaren Verletzungen zu sehen sind. Bei solchen Gedanken verstärkt sich bei ihm der Eindruck, als würden seine Augen in ein dunkles Zimmer blicken in der Hoffnung, doch etwas erkennen zu können. Für die sichtbare und unsichtbare Funktionsfähigkeit des menschlichen Körpers muß es bestimmte Körperorgane geben, die eine entscheidende Rolle eben für die Beweglichkeit des Körpers spielen, grübelt Mertlin. Von Gott kann das nicht kommen. Der kümmert sich bestimmt um andere Ereignisse, die für ihn wichtiger sein könnten. Besser wird sein, ich werde bei meinem nächsten Besuch in Plauen mal mit einem Arzt darüber reden. Der könnte es möglicherweise wissen.

Gedanklich noch mit dem Krankheitsbild von Laura beschäftigt, fühlt er wieder die suchenden Gedanken seiner Tochter Emma. Sie ist ihr erstes gemeinsames Kind. Wenn er an den Tag ihrer Geburt denkt, fällt es ihm schwer seine Gefühle zu bändigen. Es ist ein Wunder und dabei denkt er sowohl mit dem Wissen eines Baderchirurgen als auch mit der tiefempfundenen Liebe zu seiner Frau Sieglinde.
Anna war mit ihren Gedanken tatsächlich bei ihrem Vater. Sie will mit ihm über ein generelles Problem sprechen. Die Lagerung der Patienten auf Strohsäcken mag möglicherweise weniger Aufwand und damit auch weniger Geld kosten, hilfreich und schonender für bettlägerige Patienten ist so eine stachlige Unterlage wirklich nicht. Ständig kommt es bei den Patienten zu schlimmen Entzündungen, weil die menschlichen Exkremente gar nicht so schnell entsorgt werden können wie sie anfallen und „daneben" geht immer etwas.

An den unangenehmen Geruch im und am Bett will sie nicht denken. Besonders an warmen Tagen ist es schier unerträglich. Hier kann nur Papa helfen, denket sie hoffnungsvoll. Bei Christina, der Frau Baronin, kann sie sich jedes Gespräch sparen, wenn das Thema mit Geld verbunden sein sollte. Vor allem dann, wenn es ausgegeben werden müsste. Da wird sie plötzlich auf beiden Ohren schwerhörig.

Plötzlich spürt sie zwei sanfte Hände auf ihren Schultern. Aha, mein Vater. Es muß so was wie Telepathie geben. Kann natürlich auch purer Zufall sein, obwohl mein Vater meint, es gäbe keine Zufälle.

„Deine mentalen Rufe waren ja nicht mehr zu überhören, liebe Emma. Was bedrückt dich, oder ist etwas Ernstes mit deiner Patienten Laura geschehen? Wie kann ich dir helfen, wenn ich schon mal da bin. Bitte fass dich kurz, ich muß dringend zu Schwester Katarina. Sie hat, so glaube ich, ein ernstes Problem mit Lynhart. Er will und will nicht wieder in unsere Welt zurückkehren. Sein Körper ruht zwar brav auf dem Strohsack, aber sein Bewusstsein ist nicht bei ihm und vermutlich auf geistiger Wanderschaft. Entschuldige Emma, ich kann dir diesen Zustand nicht anders erklären. Soweit so gut - wieder zurück zu dir. Was bedrückt dich?"
„Danke Papa, dass du dir Zeit für mich nehmen kannst. Ich denke mit großer Sorge an unsere Patienten, die ständig im Bett auf dem Strohsack liegen müssen. Es wäre gut, sowohl für uns Pflegerinnen als auch für die schwer kranken Männer, Frauen und Kinder wenn es eine andere und leicht zu pflegende Bettunterlage geben würde. Was meinst du dazu?" „Natürlich kann ich dir dazu was sagen, ob es wirklich und nachhaltig helfen kann, weiß ich nicht. Durch meine praktische Tätigkeit als Baderchirurg habe ich in meinem Leben viel gesehen, bei dessen Anblick mir meist ziemlich übel wurde. Besonders Hilfreiches kann ich dir vermutlich nicht aufzeigen."
Schau dich doch nur in unseren Dörfern oder meinetwegen auch in

der nahe gelegenen Stadt Plauen um. Die Pflege von kranken und pflegebedürftigen Männern, Frauen und Kindern wird doch meist von Frauen geleistet die, von wenigen Ausnahmen einmal abgesehen, aus einfachen Verhältnissen kommen, nicht schreiben und lesen können und auch bezüglich eines gründlichen Allgemeinwissens erhebliche Defizite haben.

Pflege entstand ursprünglich aus der Notwendigkeit, kranke und schwächere Mitglieder in der eigenen Familie oder in der Gemeinschaft soweit möglich zu versorgen. Daraus entwickelte sich eine nichtberufliche Krankenpflege, die im Sinne der Nächstenliebe auch bedürftige Menschen außerhalb des eigenen Verwandtenkreises versorgte. Die pflegerische Weiterentwicklung zu einem medizinischen Pflegeberuf, liebe Emma, steckt noch in den Kinderschuhen, um das einmal ganz sachlich auszudrücken. Die Probleme unserer Zeit können, vorallem die in den ländlichen Regionen, so noch nicht gelöst werden, aber es besteht Hoffnung und das ist auch nicht so übel. Leider können sich Frauen aus den so genannten bürgerlichen Familien in den Städten aus gesellschaftspolitischen Gründen nicht in die Krankenpflege einbringen, obwohl sie es vielleicht gern wollten. Das würde jedenfalls mit zur Linderung von Notständen in der Pflege beitragen.

Der Mangel an fachlich ausgebildeten Frauen ist doch nicht mehr zu übersehen Du weißt selbst wie schwer es ist, für unsere Arbeit hier im Schloss Frauen zu gewinnen, die sich mit innerer Überzeugung und Fleiß für die Pflege unserer kranken Menschen gewinnen lassen. Eine angemessene Bezahlung ihrer Tätigkeit kön nen wir nicht aufbringen, dafür fehlt uns das Geld. So einfach ist das. Aber gut, lassen wir die grundsätzlichen Probleme einmal beiseite und kümmern uns um die Dinge, die wir möglicherweise selbst lösen können. Und damit komme ich auf deine Frage mit den Strohsäcken zurück.
Wie könnte man dafür eine Verbesserung erreichen, ohne dass

unsere „liebe Chefin" Christina Geld ausgeben müsste, das sowieso schon knapp genug ist.

„Ich sehe in deinen Augen eine mögliche Hilfe für unsere Kranken, die rund um die Uhr in ihrem Bett krankheitsbedingt liegen bleiben müssen. Oder irre ich mich, Papa?." „Eine Lösung dafür hätte ich möglicherweise. Gut, ob es nachhaltig eine Besserung bringen wird, kann ich noch nicht sagen. Die Praxis wird es zeigen und ein Versuch lohnt sich allemal! Du gehst in unsere Gutsschreinerei und sprichst dort mit Fran, er hat dort das Sagen. Er soll in die Strohsäcke nicht nur Stroh einfüllen, sondern auch eine gehörige Portion Sägespäne dazu geben. Das saugt wenigstens die Nässe für eine gewisse Zeit auf und der Strohsack muss nicht so oft gewechselt werden. In der Schlachterei sprichst du mit Gottfried! Er möchte vorerst zwanzig Lederhäute von geschlachteten Kühen, Schweinen und Pferden so bearbeiten und herrichten lassen, dass sie die Exkremente der Patienten für eine gewisse Zeit halten können und nicht gleich im Strohsack verschwindender. Der Vorteil wäre, dass weniger Strohsäcke benötigt werden, der Patient nicht ständig aus dem Bett geholt werden müsste und unseren Schwestern damit auch die Arbeit wenigstens etwas erleichtert werden kann." „Danke Papa, ich glaube, auf solche Gedanken kannst nur du kommen. Kommst du mit in die Schreinerei?" „Ich denke, das kannst du auch allein schaffen. Ich möchte mich mit Katarina treffen und versuchen, mit ihr eine Lösung für Lynhart zu finden. Wie du weißt, liegt er auf seinem Strohsack wie tot, ist er aber nicht. Ich habe so etwas in meiner ganzen Arbeit als Baderchirurg nicht er-lebt." „Gut Papa, dann mach ich mich auf die Strümpfe, wir sehen uns ja heute Abend zum Abendbrot bei Mama. Sie wird auch froh sein, wenn die Familie wieder gemeinsam am Tisch sitzen wird. Bis später, Papa. Halt Emma, hast du trotz deiner Eile einen kleinen Schmatz für deinen Vater übrig?" Hab ich immer, Papa!"

Mertlins Gedanken konzentrieren sich zunehmend auf das Krankheitsbild von Lynhart dem Mönch und seinem Freund. Gibt es vielleicht einen unerklärlichen Aufenthalt zwischen den Welten. Der Körper im Krankenbett auf einem stachligen Strohsack und die Seele oder sowie manche auch sagen, das Bewusstsein in einer anderen, uns unerklärlichen Welt? Sollte er, aus welchen Gründen auch immer, in dieser „Zwischenwelt" leben müssen, bis das ihn Gott zusich ruft? Hat der Tod, so wie wir ihn kennen und erleben müssen, zwei Gesichter? Bei dem der Anblick des einen Gesichtes uns ängstigt und furchtsam werden lässt und das andere Todesantlitz uns möglicherweise anlächeln würde? Bei sachlicher Überlegung, zu dem Schluss könnte man jedenfalls kommen, eigentlich „nein"! Achtsam formuliert! Tot ist doch tot oder etwa doch nicht?

Mertlin muss erstmal verschnaufen und kräftig luftholen. Ein Stuhl oder eine Bank wären jetzt auch nicht schlecht. Schließlich bin ich nicht mehr der Jüngste. Dabei schleicht sich ein sanftes Lächeln in sein Gesicht. Mit leichtem Grübeln in seinen Gedanken setzt er sich kurzentschlossen auf einen Mauervorsprung und bemüht sich Herr in seinem Denkzentrum zu werden. Wenn ich weiterhin solche Fragen geistig entwickle, könnte ich vermutlich meinen Verstand verlieren. Schließlich bin ich Baderchirurg und kein Philosoph.

Manche Männer, mit denen Mertlin sprach, vor allem mit dem einen oder anderem Arzt in Plauen, meinten dazu, dass der so genannte scheinbare Tod vielleicht ein schwebender Wachzustand des Todes sein könnte. So, als wäre er möglicherweise in einem Traumland. Oder er sei geistig nur mal so auf Wanderschaft und wüsste wohl nicht so recht, wie er sein Handwerk zu regeln hätte oder handha-ben sollte. Sachlich betrachtet, muß Mertlin denken, als sei er seiner eigentlichen Bestimmung nur zögerlich gewachsen und unentschlossen oder für seine Berufung noch zu unreif. Gegebenenfalls ist er sich seiner wirklichen Fähigkeit, den Tod zu gestalten, nicht gänzlich bewusst. Eventuell spielt er nur ein Spiel, um seine Arbeit etwas unterhaltsamer zu gestalten – weiß mans?

Sich in die Gedanken des Todes mental hineinzukrabbeln, ist ja für einen le-bendigen Menschen recht ungewohnt - vorsichtig formuliert. Je-denfalls hat sich angeblich ein Affe oder ein ähnliches Tier dazu noch nicht geäußert. Und das Befragen von Ameisen und Fliegen, nur so als Beispiel, kann man sich sparen. Na, möglicherweise?

Jetzt erstmal Schluss mit solchen schaurigen Gedankenspielen. Katarina wartet sicherlich schon ungeduldig auf mich. Es geht ja um Lynhart. Soviel weiß ich bereits. Was ich nicht weiß, aber gern wissen wollte ist, wie ich Lynhart helfen könnte, um wieder in seiner richtigen Welt, also in unserer menschlichen Umgebung zu leben.

Wenige Minuten später ist er im Krankenzimmer von Lynhart und sieht Katarina bereits auf seinem Bett sitzen. „Wie ich sehen kann, willst du noch nicht aufgeben Lynharts Situation zu seinen Gunsten zu verbessern." „Du hast Humor, Mertlin! Ich wäre schon froh darüber, wenn sich wenigstens seine Augen öffnen würden." „Da möchte ich dir zustimmen. Das wäre schon ein bedeutender Fortschritt." „Ich kenne Lynhart erst, seitdem ich hier im Krankenhaus tätig bin. Er soll ja ein Mensch mit besonderen geistigen Begabungen sein. Jedenfalls wird das hier von manchen Schwestern behauptet. Ich weiß zwar nicht, welcher Art diese Fähigkeiten sein sollen, aber gut wäre es sie zu erkennen. Möglicherweise finden wir mit diesem Wissen einen Weg zu seinen Gedanken, zu seinem Herzen und zu seinem Verstand. Die Hoffnung werde ich jedenfalls nicht aufgeben.

Heute früh, nachdem Waschen seines Körpers, schien es mir für wenige Augenblicke so, als würde ich kleine Bruchstücke seiner Gedanken erkennen können und seine Gefühle spüren – seinen Namen hörte ich auch. Nicht mit meinen Ohren. Ich hörte ihn in meinen Gedanken. Es fühlte sich an, wie ein sehnsüchtiger Hilfeschrei. Mir war in diesem Moment so, als sei ich in einer anderen Welt. So etwas habe ich noch nicht erlebt. Kannst du verstehen, was ich sagen möchte, Mertlin?" „Ich versuche es, Katarina! Erzähl bitte weiter und mach dir um mich keine Sorgen."

„Sag mir bitte, Mertlin, was bedeutet das? Ich kann das nur schwer in meinem Kopf zuordnen. Bitte hilf mir! Bin ich dafür noch nicht reif genug?" „Sprich ruhig weiter, Katarina ich höre dir zu!" „Wenn du meinst! Als ich seine Hand in die meine nahm, vermeinte ich ganz leise seine Stimme zu hören." Und was wollte oder hat sie dir gesagt, liebe Katarina?" Bei dieser Frage schaut er Katarina direkt an und bemerkt am Blick ihrer Augen, dass sie ihn anblickt und das mit einem Ausdruck, bei dem ihn ein ganz eigenartiges Gefühl beschleicht. Katarina sieht ihn und sieht ihn auch nicht. So, als sei sie geistig abwesend. Würde man vermutlich im Volksmund sagen. Ein instinktives Gefühl sagt ihm, dass er Katarina nicht stören sollte. Sie wird, so sie kann und will wieder auf ihn zukommen.

Der eigenartige Blick von Katarina, der sich in ihrer jetzigen geistigen Welt zu verlieren scheint, lässt keinen Zweifel aufkommen, dass sie in sich hineinhört. Noch sehr leise kann sie ihr „inneres Ich" ihre innere Stimme vernehmen. Beim letzten Mal, als sie mit ihr sprach half sie ihr, die liebevolle Hinwendung zu Ferdinand, dem Medicus, die sie seit ihrem ersten Treffen fühlte, in die richtigen Wege der Liebe zu lenken.

„Was fesselt dich so an der Gedankenwelt von Lynhart, Katarina? Und wie meinst du ihn in seiner Welt mental hören und fühlen zu können? Das sind doch deine Gedanken die dich bewegen und eine Antwort suchen. Oder irre ich mich, Katarina?" „Es stimmt schon was du mich fragst. Ich hoffe darauf, dass es mir gelingen wird, geistig bei ihm zu sein. Irgendwie, ich kann dir das Gefühl dafür nicht beschreiben, fühle ich mich für ihn verantwortlich, unabhängig davon, in welcher Welt er sich gerade gewollt oder nichtgewollt aufhält. Und jetzt frag mich bitte nicht nach dem Grund warum ich es tun sollte." „Ich muß dich enttäuschen, liebe Katarina! Die Stimme von Lynhart kannst du geistig nicht wahrnehmen! Du fühltest mich." „Ach nein!" „Aber ja!

Ich bitte dich, meine liebe innere Stimme, das glaube ich nicht! Das findet in meinem Denkzentrum keinen Einlass – wirklich nicht! Woher sollte ich wissen, dass du das bist?, Wie sollte ich das erkennen können? Du bist doch mein „Ich". Hast du jedenfalls gesagt." „Habe ich, meine liebe Katarina! Ist dir entgangen, dass wir eine sehr große und innig verbundene Seelengemeinschaft sind?" „Nein! Und was tust du dann bei Lynhart?" „Gut Katarina, ich werde mich bemühen, dir das zu erklären. Mach es dir bequem und hör mir zu!"

Lynhart ist in seinem ganzen Wesen ein typischer Mensch, der die Ungerechtigkeit, verbunden mit einer abgrundtiefen Arroganz, die zwischen den verschiedenen Gesellschaftsschichten in unserer Bevölkerung ihr menschenverachtendes Spiel treibt, als böse Kraft und verwerfliche Energie sieht. Gleichzusetzen mit solchen Charaktereigenschaften wie: Neid, Gier und Hass.- Die drei aller „Übelsten", die es besonders bei der Spezies Mensch geben mag. Mit seiner ausgeprägten charakterlichen Stärke, mit seinem umfangreichen Wissen über das Verhalten von Männern und Frauen und mit seiner grenzenlosen Liebe zur Schöpfung in seinem Herzen bemüht er sich Tag für Tag, dieses menschenverachtende Übel für die Menschheit wenigstens zu verringern.

Wieder zurück zu deiner Frage! Was tue ich bei ihm? Lynhart sollte erkennen, dass es nicht seine Aufgabe hier auf der Erde ist, all seine Anstrengungen darauf zu konzentrieren, die Menschen so ändern zu wollen, damit sie in Frieden und in Liebe miteinander leben. Ich muß dir ja nicht erklären, was die Schrecken des Krieges für furchtbares Leid bei vielen Familien hinterlassen. Du weißt das selbst aus eigenen schlimmen Erlebnissen. Die Menschen in ihrem Verhalten zu ändern ist nicht möglich. Man kann es vorübergehend zum Guten oder Bösen bewegen, aber grundsätzlich ändern wird sich deshalb der Mensch nicht. Glaube mir, ich weiß was ich dir sage. Jeder Mensch, ob Mann, Frau oder Kind, sucht sich den Sinn für sein Leben. Und nur das, liebe Katarina, bestimmt sein Handeln - das ist so! Schon seit Jahrhunderten hält sich in der Beurteilung dieser Satz:

„Der Mensch wird durch das was ihn ständig treibt und was er immer will, ohne es wirklich zwingend zu müssen, letztlich zu dem was und wie er ist".

Männer, Frauen und Kinder sind geschaffen worden, von wem und warum auch immer, um in einem universellen „Großen" und „Ganzen", eingebunden in dem Sinn ihres Lebens, einem bestimmten Zweck zu dienen. Dafür leben und existieren sie in einem geschlossenen, universellen Kreislauf des geistigen und materiellen Lebens. Es gibt auch Menschen auf dem Planeten Erde die meinen, das alles sei nur purer Zufall. Schon möglich! Wenn da nicht wenige Männer und Frauen wären, die die Meinung vertreten und auch sachlich begründen, den Zufall gibt es nicht. Und wenn es ihn geben sollte, dann meist in den Köpfen der Menschen, die glauben wollen. Glauben bedeutet ja, dass man es nicht weiß und deshalb fesseln sie sich mit ihren Gedanken an wundersame Glaubensvorstellungen. Was ja zu bewundern wäre, so es zu einer lehrreichen Erkenntnis führen würde. Gut, wieder zurück zu deiner Frage: Um was be-mühst du dich bei Lynhart, liebe Katarina? Dein gesamtes Denken und Handeln besteht jetzt schon aus einer grenzenlosen Kraft der Liebe. Du solltest, so du dazu bereit bist, Lynhart für die Zeit seines körperlichen Lebens hier auf der Erde einen Teil deiner Liebe schenken. Möglicherweise wird er sich dann mehr auf sein eigenes „Tun" konzentrieren und den richtigen Weg für sich selbst finden." „Du meinst damit doch nicht, dass ich ihn heiraten und eine Fa-milie mit vielen Kindern gründen soll?" „Kannst du dich noch an das Gespräch über die Zukunft mit ihren vielen Gesichtern erin-nern, Katarina?" „Ich weiß, was du mir sagen willst, meine liebe innere Stimme!" „Dann lass das, was geschehen will, auch so sein, Katarina. Dein Platz bei Ferdinand wird das geistige Leben in ei-nem anderen Universum bestimmen. Das Leben mit Lynhart endet mit dem körperlichen Tod. So, und jetzt muß ich dich verlassen."

Katarina verspürt bereits dieses sanfte Ziehen in ihrem Denkzentrum, das entsteht, wenn sich ihre innere Stimme zurückzieht. Eilig ruft sie ihr noch nach - „Warte! Was wird mit uns hier im Krankenhaus noch alles geschehen?" „Mach dir darüber keine Sorgen, Katarina. Die Arbeit mit den kranken und pflegebedürftigen Männern, Frauen und Kindern in eurem Krankenhaus wird euch bestimmt nicht ausgehen und alt werdet ihr auch alle - sehr alt!"

So leise wie es ihre innere Stimme in eine andere Welt zieht, so wehen ihre aufgewühlten Gedanken in eine liebevolle Traumwelt. Eine Welt, in der sie ohne Angst mit Ferdinand zusammen sein kann. Die Zeit wird zeigen, welche Aufgaben sie als Mensch auf der Erde erfüllen soll und Lynhart ist möglicherweise eine davon. Wer weiß schon, was alles so geschehen wird? Wenn da nicht das „Aber" wäre.

Ein „scheinkranker" Spion

Verräter sind selbst denen, deren Sache sie dienen, verhasst.

Publius Cornelius Tacitus

Man liebt zwar den Verrat, aber nicht den Verräter

Ein Sprichwort

Lautes Rufen und heftiges Pochen an der Türe ihrer Schlaf-
kammer reißen Katarina aus ihrem liebevollen Traum und
holen sie in die Wirklichkeit zurück. Mit einem lauten - ich
komme gleich, zieht sie sich ihr Nachthemd vom Leib, schlüpft in
eine ehemals weiße Hose und zieht sich einen Kittel über ihr Unterhemd, der wenigstens noch die Farbe Weiß erahnen lässt. Kaum
ist der letzte Knopf geschlossen, öffnet sie die Zimmertür und sieht
vor sich ihre Namensvetterin Schwester Katarina-Erika stehen.
Wenn sie beide allein sind, lassen sie natürlich die „Erika" beiseite.
Nur wenn andere Schwestern oder Kranke anwesend sind, wird sie
mit Ihrem Doppelnamen angesprochen.

„Was treibt dich denn so aufgeregt herum und das noch am frühen
Morgen? Ist was Schlimmes passiert oder muß dir selber dringend
geholfen werden? Brauchst du Hilfe?" „Entschuldige bitte meine
Aufregung, Katarina! Vor gut einer Stunde wurde uns ein junger
Mann gebracht, der am rechten Oberschenkel eine ziemlich große
Schnittwunde hat. Angeblich, so der Bauer vom Nachbardorf,
wurde er von zwei Räubern überfallen, die ihn vom Pferd zerrten,
mit dem Schwert verletzten und ihm sein gesamtes Hab und Gut
abnahmen. So wie sie kamen, seien sie auch wieder, natürlich mit
seinem Pferd und seiner gesamten Ausrüstung verschwunden. Der
Bauer, der ihm in seiner Not half hier ins Krankenhaus zu kommen
meinte, dass sich das ziemlich zwielichtig anhörte. Räubergesellen

oder randalierende Soldaten der Preußischen Armee gäbe es schon seit Monaten hier in der Gegend nicht mehr. Aber gut! Sei es wie es sei. Ich habe mir die Wunde angesehen, die der Bauer nur notdürftig mit einem Ärmel seines Hemdes verbunden hatte. Vorsorglich schnürte er mit dem anderen Ärmel oberhalb der Verletzung die Blutzufuhr ab, damit er nicht verblutet. Ich habe mir die Wunde nochmals genauer angesehen. Sie ist, wie sonst bei einem Schwerthieb so üblich, weniger tief. Diese Fleischwunde ist eher relativ harmlos und hat keine größeren Blutgefäße verletzt. Wenn ich mal unken soll, würde ich sagen, da hat sich einer eine leichte Wunde zugefügt, um vielleicht mal von netten Krankenschwestern in die Arme genommen zu werden."

Meine liebe Katarina-Erika, da weckst du bei mir einige unangenehme Erinnerungen." „Ach was und wie meinst du das?" „Mein Leben in der zurückliegenden Zeit war nicht immer vom Wohlwollen zu meinen Gunsten geprägt. Es gab da auch eine Menge sehr unangenehmer Erlebnisse, die ich nicht verschuldet habe und de-nen ich auch nicht schuldig war. Ich mag mich irren, aber mein Bauchgefühl sagt mir, dass wir bei diesem jungen Mann vorsichtig sein sollten." „Gut Katarina, wenn du meinst, ich habe nichts dagegen. Vorsichtshalber sollten wir Mertlin informieren. Schaden kann es jedenfalls nicht. Was schlägst du vor, Katarina?" „Pass auf, Katarina-Erika,! Ab sofort, wenn wir uns in der Nähe des verletzten Mannes aufhalten, bist du Katarina und ich bin Katarina-Erika!" „Ja gut, und für was soll der Namenstausch nützlich sein, Katarina?". „Lass gut sein, Katarina-Erika, ich habe da so ein unangenehmes Gefühl, das mir zur Vorsicht rät. Wenn er schlimme Absichten gegen mich verfolgt, dann könnte ich als Katarina-Erika ihn unauffällig beobachten und möglicherweise frühzeitig erkennen, was er wirklich plant. Bist du damit einverstanden?" „Ich habe damit kein Problem, Katarina und weiß mich zu wehren!" „Gut, dann lass uns aufbrechen. Bei aller Unkerei von mir, letztlich müssen wir dem Verletzten helfen wieder gesund zu werden. Ob uns das gefällt oder nicht. Mein Bauchgefühl muss ja nicht stimmen. Froh wäre ich, wenn meine liebe innere Stimme bei mir wäre, dann würde ich mich wohler fühlen." „Wer ist denn das bei dir, Katarina, ich habe so eine Stimme nicht! Jedenfalls habe ich sie noch nicht gehört." „Dann hast du nicht richtig zugehört! Lass gut sein, Katarina.-Erika, das ist ein anderes Thema. Wenn wir beide etwas Zeit übrig haben sollten, werden wir uns darüber unterhalten. Einverstanden?" Ja, bin ich! Obwohl meine Neugier bereits recht munter ist und schon gern wissen möchte, was das mit der inneren Stimme so aufsich haben könnte. Aber gut, die innere Stimme wird mir bestimmt nicht so schnell weglaufen und der Verletzte geht schließlich vor! Nicht auszudenken, wenn ihm was Schreckliches zustoßen sollte. Womöglich Wundbrand oder noch schlimmere Erkrankungen. Das fehlt uns gerade noch!"

Kaum gesagt, haken sich beide Schwestern unter und machen sich auf den Weg zum Krankenzimmer des Verletzten jungen Mannes, der bereits für einige Unruhe in den Köpfen der beiden Krankenschwestern sorgt.

Im Stillen muss Katarina darüber nachdenken, wie Katarina-Erika vor etwa einem halben Jahr zu ihnen hier ins Krankenhaus Chrieschwitz Kam. Sie ist die Ehefrau eines bekannten Arztes aus Plauen, der – eigentlich recht ungewöhnlich für unsere Gegend - mit zwei Ärzten aus seinem Studienkreis eine gemeinsame Praxis betreibt. Ihre Patienten kommen aus dem Plauner Bürgertum und aus den wohlhabenden Handwerkern der Stadt und seiner Umgebung. Sie mögen weder die Patienten aus dem Adel, noch die so genannten Diener Gottes der christlich katholischen Kirche. Sie hätten zwar die große Klappe wenn es sich um ihr angebliches Vermögen handelt, wären stinkreich bis zum Abwinken und die Auslese der Menschheit. Wenn es allerdings um die Bezahlung der Arztrechnung geht, lassen sie anschreiben solange, bis sie von einem wohlwollenden jüdischen Kaufmann aus der Stadt ein Darlehen ergattern können oder aus den Schmuckreserven der Ehefrau das eine oder andere „goldene Stück" gegen Geld eintauschen konnten.

Was sie mehr als nur verwunderte ist die Tatsache, dass der Arzt aus Plauen, also der Ehemann von Schwester Katarina-Erika seine Frau, ohne besondere „Zicken" zu machen, ins Krankenhaus nach Chrieschwitz gehen ließ, um sich dort als Krankenschwester hilfreich einzubringen. Das war mehr als ungewöhnlich. Für verheiratete Frauen aus dem Bürgertum war und ist in den meisten Fällen die Arbeit als Krankenschwester nicht standesgemäß. Auch ein Arzt ist nicht immer ein Arzt. Gut ausgebildet waren sie schon. Es gibt allerdings auch einige von ihnen, die nicht nur Kranke behandeln, sondern darauf aus sind, dabei möglichst viel Geld zu verdienen. Anders der Ehemann von Katarina-Erika! Nicht nur, dass er seine Frau als Krankenschwester im Krankenhaus Chrieschwitz arbeiten ließ, er selbst oder einer seiner Kollegen aus der gemeinsamen Praxis schauten regelmäßig einmal im Monat zu den Patienten, um mit Rat und Tat beizustehen. Von Mertlin und natürlich auch von uns Krankenschwestern wurde das mit großer Dankbarkeit gern angenommen. Auch die Baronin Christina ist davon recht angetan, weil diese ärztliche Hilfe keine zusätzlichen Kosten für das Krankenhaus zur Folge hatte. Was bei der ständig klammen Kassenlage nicht zu unterschätzen war. Und noch einen Vorteil brachte die Arbeit der Ärzte im Haus. Im Ort und natürlich auch bei den Männern, Frauen und Kindern in der ländlichen Umgebung sprach sich schnell herum, wie menschlich und fachgerecht im Krankenhaus Chrieschwitz bedürftige und verletzte Männer, Frauen und Kinder behandelt werden unabhängig davon, ob sie dafür das notwendige Geld besitzen oder nicht.

Soweit ich noch von meiner Fachsimpelei mit Ferdinand und auch aus den Gesprächen mit den Nonnen während meines Aufenthaltes im Kloster in Erinnerung habe, weiß ich, dass die Behandlung von kranken Männern, Frauen und Kindern durch einen Arzt maßgeblich und praxisnah auf der Basis umfangreicher überlieferter Erfahrungen aus der antiken Saftlehre durchgeführt wird.

Auf meine Frage, ob er sich von der antiken Saftlehre beeinflussen ließ, erklärte er mir dieses „Geheimnis", das die Saftlehre wie mit einem unsichtbaren Schleier umschwebte, etwas genauer. Soweit ich mich an solche Gespräche erinnern kann, ist die antike Saftlehre durchaus von einer gewissen Bedeutung für die Heilkunst.

Und das auch zum Wohle der Krankenbehandlung, das muss ich schon sagen. Meine Holzhammermethode ist auch so ein kleiner Fortschritt zum Nutzen für die Schwerkranken, um die Amputation eines Armes oder Beines so leidlich schmerzarm zu überstehen. Wollen wir hoffen, dass dem jungen Mann nicht das verletzte Bein abgenommen werden muss, nur weil er eine größere Schnittwunde am Oberschenkel hat. Sollte sich allerdings die Wunde entzünden, und eine Behandlung ergebnislos verlaufen wird das wohl nicht zu vermeiden sein. hilfreicher wird vielleicht sein, wenn wir die Wunde zunähen. Ich werde mal mit Mertlin darüber reden, möglicherweise weiß er einen besseren Rat.

„Katarina, entschuldige bitte, wo läufst du denn hin!? Der Kranke liegt hier im Zimmer vor dem ich gerade stehe." „Verzeih mir, Katarina-Erika, meine Gedanken waren gerade heftig beschäftigt, kommt nicht wieder vor. Also, dann mal los! Sehen wir uns jungen Mann mal etwas genauer an! Denke daran, du bist Katarina und ich bin Katarina-Erika." „Keine Sorge, ich halte mich daran!"

Leise öffnet sie die Türe und beide sind nach wenigen Schritten am Bett des Verletzten. Mit heftigen Armbewegungen fordert er sie auf, sich unbedingt die Wunde anzusehen, ob möglicherweise eine Verschlechterung eingetreten sei. Er fühle sich sehr matt und die Wunde würde wie Feuer brennen. Beide nicken nur und Katarina stellt sich kurz bei ihm vor. „Mein Name ist Katarina-Erika und das ist Schwester Katarina, die sie in den kommenden Tagen betreuen wird." Bei diesen Worten nimmt sie die Zudecke vom Bett und beginnt den schon leicht blutig gewordenen Verband vom Oberschenkel behutsam abzuwickeln. Zwischenzeitlich erneuert Katarina-Erika vorsorglich den Notverband oberhalb der Schnittwunde, um den Blutfluss wenigsten stark einzudämmen. Der Verband allein wird das jedenfalls nicht gänzlich verhindern können. Bei diesem Gedanken kommt sie zu dem Schluss, dass es wohl besser wäre, die Wunde zu zuzunähen. Zumindest würde dadurch der Heilungsprozess begünstigt werden.

„Katarina Erika, hol doch bitte aus unserer Hausapotheke eine Flasche mit Alaun, damit wir die Blutung etwas stillen können, so es bei dieser starken Blutung helfen sollte." „ Mach ich, Katarina, bin gleich zurück!" Zu dem Verletzten gewandt meint sie mit leiser Stimme − „Schmerzmittel, damit es für sie erträglicher wäre, haben wir freilich nicht. Der Stellvertreter Gottes auf Erden, also unser Herr Bischof in Plauen verbietet uns, unter Androhung von strengen Strafen, die heimliche Verwendung von Mitteln gleich welcher Art, so sie vielleicht den Patienten die Schmerzen lindern würden. Angeblich soll ja der himmlische Vater grundsätzlich dagegen sein. Die Menschen sollten gefälligst die Schmerzen ertragen. Das würde ihnen helfen ihre Seele zu reinigen. Vom Lachen und lustig sein wird sie jedenfalls nicht für das Leben im göttlichem Himmelreich vorbereitet. Da wandert sie ab ins Verderben, also in Richtung Hölle. Sagt er jedenfalls, also unser Bischof und der muß es ja wissen."

Ohne ihre Gedanken an den Verletzten zu verdrängen, muss sie an eine Predigt des Abtes vom nahe gelegenen Kloster Auerbüchel denken. Mit geradezu andächtigen Worten behauptete er in seiner Rede, dass Schmerzen gleich welcher Art zu unserem Christentum unauflöslich zusammengehören würden. Angeblich stehen die erduldeten Schmerzen, vom Sohn der Maria aus der unbefleckten Empfängnis von Gott persönlich, im Zentrum des Heilswerks Gottes. Seine Schmerzen, also die von dem Sohn der Maria, führen ja zur Erlösung der Menschheit. Hat er jedenfalls in seiner Predigt behauptet. An diesem leidenden jungen Mann, also diesem Jesus, sollten sich die Menschen ein Beispiel nehmen dafür, wie man selbstlos und standhaft Schmerzen ertragen kann. Dazu meinte er noch, dass in der frühchristlichen Epoche die Vorstellung vorherrschte, dass dieser Jesus im Todeskampf am Kreuz unter grässlichen Schmerzen gelitten haben soll. Erst nach der offiziellen Anerkennung des Christentums als Staatsreligion des Römischen Reiches, hat angeblich der Schmerz von diesem Jesus wieder in den Mittelpunkt der christlichen Heilslehre Einzug gehalten.

Die Erinnerung an die Tatsache, dass Jesus selbst durch schlimmste Schmerzen hindurch gehen musste, vermag bis auf den heutigen Tag alle Gläubigen des Christentums in ihren Schmerzen zu trösten und bei ihrer Bewältigung zu helfen. Das sagte dieser Abt in seiner Predigt ohne dabei rot zu werden. Von wegen Schmerzen erdul-den? Von seinem Arzt aus Plauen, also dem Ehemann von unserer Schwester Katarina-Erika weiß ich, dass dieser Abt vom Kloster Auerbüchel selbst bei lausigen Zahnschmerzen gern zu den Mittelchen greift, die ihm der Arzt zu Verfügung stellt. Was für ein Waschlappen, aber in der christlichen Öffentlichkeit die große Klappe schwingen. Wenn er wenigstens den lieben Gott aus allem heraus halten würde, anstatt ihn bei jeder Gelegenheit anzurufen, wenn er die göttliche Unterstützung braucht.

Aber gut, so ist unsere christliche Welt. Was soll ich als kleine Krankenschwester daran ändern wollen? Vermutlich sieht das der Patient hier im Bett so wie der Abt vom Kloster Auerbüchel. Jesus, mal hin oder her, wenn man sich mit Geld was Gutes tun kann – warum eigentlich nicht. Man muß es ja nicht gleich an die große Glocke hängen. Für uns als Krankenschwestern wäre es auch eine große Erleichterung, nicht mehr tagaus und tagein das herzzerreißende Gejammere der kranken Männer, Frauen und Kinder hören zu müssen. Das kann einem schon auf die Zwiebel gehen. Besonders dann wenn ich weiß, dass ich schon helfen könnte, es aber nicht darf. Natürlich machen wir ´heimlich Ausnahmen dann, wenn es um Kinder gehen sollte. Sie können uns nicht verraten, wenn wir ihnen „helfen", die Schmerzen zu lindern und unser Herz und unsere Seele fühlt sich gut dabei. Eigentlich bin ich ziemlich sicher, dass der alte Herr im Himmel das gut findet. Warum sollte er auch etwas dagegen einzuwenden haben? Möglicherweise ein Bischof oder ein Abt, aber doch nicht ein allmächtiger Herr im göttlichen Himmel.

Und der „Himmel" sieht sowieso nicht alles. Es sei denn, es betrifft die armen Leute. Da achten seine göttlichen Augen schon darauf, dass seine Anordnungen, jedenfalls die auf den Steintafeln, auch genauestens eingehalten werden. Wenn nicht, gut dafür gibt es ja die Hölle mit dem bösen Teufel. Jedenfalls behauptet das unser Bischof und vermutlich auch andere „christliche Würdenträger".

Lautes Stöhnen des jungen Mannes im Bett, bringt sie wieder in die Wirklichkeit zurück. „Das Herumschreien macht ihre Verletzung auch nicht besser. Der Sohn von unserem Bader meint, wenn er sich wehgetan hat: „Ein Indianer kennt keinen Schmerz"! Und er ist ein Kind und kein Mann. Geben sie Ruhe und schreien sie nicht das ganze Haus zusammen. Seien sie mannhaft und halten siehs aus! Die Schnittwunde ist ja kein unlösbares Problem. Wenn sie sich so verhalten, wie ihnen das unsere Schwestern jeden Tag sagen, ist die Wunde in etwa drei bis vier Wochen verheilt. Bleiben wird eine Narbe, das ist alles. Sollten sie allerdings weiterhin die Anordnungen von Schwester Käthe nicht ernst nehmen, sehe ich schwarz für sie, na eigentlich mehr für ihr Bein. Gelinde ausgedrückt!" „Na na, was soll das denn wieder heißen? Ich widerspreche keinerlei Hinweisen, zudem was ich tun oder nicht tun soll!

Ihre Meckerei hilft mir jedenfalls nicht weiter. Also, wie soll ich mich verhalten, damit mein Bein dort bleibt wo es jetzt ist?" „Ihnen wurde von unserem Baderchirurg Mertlin Bettruhe verordnet, damit die Wunde zur Ruhe kommt und abheilen kann. Stattdessen stehen sie auf und humpeln zur Toilette wenn es sein muss. So wird sich die Wunde nicht schließen können, weil sie jedes Mal durch die Belastung beim Laufen wieder einreißt. Bleiben sie im Bett liegen und geben sie ihrem Bein Ruhe. Wir werden sie schon nicht verhungern lassen und sauber halten werden wir sie auch, so es notwendig ist!" „Sauber halten! Ich laß mich nicht ausziehen, auf keinen Fall! Nie und nimmer erlaube ich das." „Ach du heiliges Kanonenrohr! Denken sie etwa, wir Krankenschwestern hier im Haus haben noch keinen nackten Mann gesehen? Witzig – wirklich sehr witzig. Da machen sie sich mal keine unnötigen Sorgen, wir gucken ihnen nichts ab." „Was heißt hier abgucken? Ich will das nicht!" In Gedanken fügt sie hinzu - bei seinem kleinen Pimmel lohnt sich ja nicht mal das Hinsehen, geschweige denn abgucken. Komisch – bei Männern, die eine große Klappe haben, fehlt es meistens weiter unten. Naja, muß ja nicht für alle zutreffen. „So, jetzt lassen wir mal die Albernheiten.

Sollte sich bei ihrem zimperlichen Verhalten die Wunde ernsthaft entzünden, – also zum Beispiel dann, wenn schlechte Säfte, die es auch in einem Krankenhaus geben kann, dann kann es für sie mehr als brenzlig werden." „Was heißt denn das schon wieder?" „Das bedeutet im schlechtesten Fall, dass wir das Bein weit oberhalb der Verletzung abnehmen müssten." „Abnehmen? Wie denn? Na, wir verwenden dafür ein scharfes Messer und eine Knochensäge. Fünf Minuten später haben sie ihr Bein los. Der Vollständigkeit halber muß ich noch hinzufügen, dass das für sie sehr schmerzhaft sein wird und die Chance das zu überleben ist eher sehr dürftig."

Ein Blick in das Gesicht des jungen Mannes zeigt, dass die Worte von Katarina-Erika Wirkung zeigen. Der Blick seiner Augen hat jeglichen Hochmut verloren und sein Gesicht weist eine auffallende Blässe auf. Vermutlich hat die Aussage der Schwester zum möglichen Verlauf seiner Verletzung so verschreckt, dass sein Mund keine Worte mehr finden kann. „Jetzt halten sie ihr Bein ruhig, auch wenn es schmerzen sollte. Ich möchte die Wunde genauer untersuchen.

Zwischenzeitlich ist auch Katarina, alias Katarina-Erika, mit der Flasche Alaun zurück. Beide gehen ein paar Schritte vom Bett des Verletzten weg und unterhalten sich leise über die nächst möglichen Behandlungsmaßnahmen, die sie in Angriff nehmen könnten, so der Patient einwilligen würde.

Nach einer geraumen Weile meint Katarina-Erika, alias Katarina, zu ihm –„ ich denke, wir sollten die Wunde so schnell als möglich verschließen." Etwas zaghaft meint darauf der junge Mann – „wie soll das geschehen? Was muss ich dafür alles aushalten und was habe ich davon?" „Gute Frage!" „Also hör zu, ich erkläre dir das!"

Das Nähen von Wunden, ob große oder kleine, nutzen wir als eine hilfreiche und oft erprobte Möglichkeit, das verletzte Gewebe mit Nadel und Faden zu vernähen, also zu schließen. Die beiden Fadenenden verknoten wir am Anfang und am Ende der Wunde, damit sich der Faden nicht lösen kann." Bis hierher alles verstanden?" „Ja – erzähl weiter!"
Es ist eine grundlegende und bis heute unverzichtbare operative Technik, da eine Fleischwunde, so wie bei dir, so am schnellsten und in den meisten Fällen auch komplikationslos verheilt. Mit den Komplikationen meine ich, dass Patienten so wie du, nicht auf die Anordnungen der Krankenschwestern hören wollen, nicht im Bett bleiben oder durch mangelnde Sauberkeit schlechte Säfte in die Wunde eindringen können und der Heilungsprozess dadurch gefährdet werden kann. Hälst du dich an das was wir dir sagen, wird aus der Wundnaht nach etwa drei bis vier Wochen durch einen

guten Heilungsprozess eine schmerzlose Narbe. So ein Vernähen der Wunde ist natürlich nicht schmerzarm, aber ganz bestimmt kein Vergleich dafür, wenn wir die das Bein absägen müssten. Du wirst es aushalten und nach etwa vier Wochen gesund das Bett verlassen können. „Also, was meinst du? Sollen wir oder sollen wir nicht? Wir haben dich über die Risiken aufgeklärt und dir die Folgen aufgezeigt die sich entwickeln können, wenn du dich nicht an unseren Rat halten willst. Die Entscheidung liegt bei dir! Ach ja, hast du einen Namen?" „Du kannst Luitpold zu mir sagen. Was gucken sie mich so komisch an? Meinetwegen kannst du anfangen! Aber erschrecken sie nicht, ich kann ziemlich laut schreien." Keine Sorge, Luitpold, wir halten das aus! Wir lassen dich für eine Stunde allein! Entspann dich und denke an nette Sachen oder an Frauen, und was du alles „Schönes" mit ihnen anstellen kannst, das lenkt ab. Wir holen nur Mertlin, den Baderchirurg, der die Wunde zunähen wird. Mach dir keine Sorgen, er hat das schon oft gemacht und weiß genau was richtig ist. Katarina und ich werden ihm dabei helfen. Gut, alles klar, Luitpold?" Ja, ich bin ja schon ruhig und hallte meine Klappe! Fein! Dann entspann dich und warte bis es soweit ist.

Nach knapp einer Stunde stehen sie wieder vor Luitpolds Bett. Der bei ihrem Anblick wohl vermutlich nicht so recht weiß, ob er sich darüber freuen soll oder ob er sich von der aufkommenden Angst überwältigen lässt.

Mertlin, der Baderchirurg beugt sich über den Patienten, fühlt seinen Puls und kontrolliert seine Atmung. Schwester Katarina - alias Katarina-Erika und Schwester Katarina-Erika - alias Katarina tragen einen kleinen Tisch, stellen ihn an der Seite des Krankenbettes ab und bedecken ihn mit einer sauberen weißen Decke. Darauf stellen sie eine Schüssel mit Alkohol, in der bereits eine kleine und eine etwas größere Nähnadel eingelegt wurde, wie sie üblicherweise zum Verschließen von Wunden Verwendung findet. Zwei Fäden in der richtigen Länge schwimmen ebenfalls im Alkohol, damit vorhandene schlechte Säfte keine Kraft mehr haben um möglicherweise in der Wunde eine Entzündung zu verursachen, die zu schlimmen Folgen für den Patienten führen würden.

Luitpold stöhnt leise in seinem Bett. Vermutlich wäre er heilfroh, wenn schon alles vorbei wäre. Sein jetziger Zustand wird auch nicht besser, als sich Katarina-Erika über den verletzten Oberschenkel beugt um behutsam den blutdurchdrängten Verband abzuwickeln. Kaum damit fertig, sieht sie eine etwas fünfzehn Zentimeter lange klaffende Wunde. Wahrlich, ein angenehmer Anblick ist das nicht, obwohl sie in ihrem Leben als Krankenschwester sich schon so manche unangenehme Verletzung mit ansehen musste.

Katarina-Erika wendet sich an Luitpold und spricht leise auf ihn ein. „Ich gebe dir ein kleines Stück Holz, das solltest du zwischen deine Zähne nehmen und fest drauf zubeißen. Das bewahrt dich vor Verletzungen im Mund. Hier noch ein Glas mit Pflaumenschnaps. Den solltest in einem Zug hinunterkippen, auch wenn dein Magen darüber nicht besonders erfreut sein wird, aber der Alkohol wird dich beruhigen. Über deine Augen lege ich ein leichtes Tuch. Glaube mir, aus Erfahrung weiß ich, wenn ein Patient alles mit ansieht, was medizinisch zur Behandlung seiner Verletzung erforderlich ist, kann es ihm allein davon schon übel werden und die Schmerzen werden davon auch nicht gelindert. Bestimmt nicht und ich weiß was ich sage! Was meinst du, willst du ein Tuch über diene Augen oder möchtest du zusehen?" „Gott bewahre! Leg das Tuch über meine Augen, ich bleibe lieber im Dunkeln. Halt halt! Auf das Glas mit dem Pflaumenschnaps verzichte ich nicht!" „Brav! Hier trink und versuche dich nicht und versuch dich zu entspannen."

Nachdem Mertlin seine Instrumente für das Nähen der Wunde griffbereit gelegt hat, beugt er sich ebenfalls über die Wunde und flüstert leise zu Schwester Katarina-Erika – „Es war möglicherweise ein glatter tiefer Schnitt mit einem scharfen Dolch oder Schwert, der zu dieser Verletzung führte. Es wäre besser für den Patienten gewesen, wir hätten die Wunde gleich nach seiner Einlieferung zugenäht. Jetzt klaffen die Wundränder, trotz des Verbandes, weit auseinander. Die Wunde ist schon leicht fransig und erste Entzündungssymptome zeigen sich auch. Das herausquellende Blut wird die Behandlung auch nicht leichter machen. Gut, fangen wir an!"

Mertlin wäscht sich in einem bereitstehenden Eimer mit heißem Wasser seine Hände gründlich mit Seife und Handbürste, nimmt sich von den bereitliegenden sauberen Tüchern eins her, taucht es in einen Topf mit Pflaumenschnaps und reinigt sorgsam die Wunde. Bei dieser Arbeit von Mertlin verspürt Luitpold ein leichtes Brennen und hofft, dass das möglichst nicht schlimmer wird. Das wäre so noch zum Aushalten.

Wachsam, wie Schwester Katarina-Erika alles beobachtet, zieht sie die Schlinge oberhalb der Wunde noch etwas fester zu, damit möglichste der Blutfluss zur Wunde vollständig zum Stillstand kommt. Natürlich könnte Mertlin auch kleine Stofftupfer in die Wunde legen, um das Blut aufzusaugen. Sie behindern allerdings sehr die Arbeit beim Zunähen der Wunde. Also, lässt er es lieber. Wirksamer wird vielleicht sein, überlegt sie, für eine kurze Zeit den Blutfluss mit einer Schlinge oberhalb der Wunde zu stoppen.

Leise hört sie wieder Mertlins Stimme. „Katarina-Erika und auch du Katarina, haltet bitte das verletzte Bein gut fest und drückt es kräftig auf das Bett, damit sich die Muskeln am Oberschenkel entspannen. Das erleichtert das Nähen und ich vermeide dadurch, dass sich der Faden bei einer ruckartigen Bewegung des Beines aus dem Fleisch herausreißen könnte." Das lassen sie sich nicht zweimal sagen. Mit beiden Händen nehmen sie das Bein und drücken es fest auf die Unterlage der Strohmatratze. Nicht auszudenken, Luitpold würde vor lauter Schmerzen sein Bein wild herumbewegen. Dabei treten erfahrungsgemäß zusätzliche Verletzungen auf, die alles nur erschweren würden. Also, denken beide, das Bein bleibt auf dem Bett ruhig liegen, gleich was geschehen sollte.

Mertlin greift nach Nadel und Faden, fädelt den leicht gewichsten Faden in das Nadelöhr ein und verschließt den Faden am Anfang mit einem einfachen Knoten. Der erste Stich mit der Nadel in das verletzte Fleisch ist für jeden, der das durchmachen muss, ein sehr schmerzhafter Moment, in der er fühlen muss, was gerade noch so auszuhalten ist ohne dabei ohnmächtig zu werden. An den heftigen Kopfbewegung und dem Stöhnen erkennt Mertlin, dass es für Luitpold nicht einfach sein wird, das bis zum Ende auch durchzustehen.

Nach knapp zwei Stunden ist es geschafft. Die Wunde ist fachgerecht verschlossen, mit Pflaumenschnaps gut gereinigt und ein fester sauberer Verband sorgen dafür, dass die Wunde heilen kann. Beim Abnehmen des Tuches von Luitpolds Augen und die Wegnahme des kleinen Holzstückes aus seinen Mund zeigen einen Gesichtsausdruck, bei dem man nicht erst fragen muss, was der Patient in den vergangenen Stunde aushalten musste. Sich dessen bewusst, hält Katarina-Erika ihm ein Glas mit Pflaumenschnaps an den Mund und rät ihm, das Glas auszutrinken. Natürlich nicht zur Reinigung seines Magens, sondern zur Beruhigung seines Kopfes. Vorsichtig nimmt er mit zittriger Hand das Glas und lehrt es in einem Zug. Ein lauter Seufzer entrinnt seiner Brust und Minuten später bekommt sein Gesicht schon wieder etwas Farbe.

Mertlin beugt sich über den Patienten, kontrolliert seinen Puls und seine Atmung und ist wohl damit recht zufrieden. So Luitpold, das Schlimmste hast du gut überstanden. Die Wunde ist geschlossen und wenn du dich an alle Anordnungen der Schwerstern hälst, wirst du in etwa vier Wochen gar nicht mehr spüren, was an deinem Oberschenkel geschah. Ruh dich aus und hab Geduld. Die Schmerzen werden schon morgen deutlich nachlassen und du wirst dich auch wesentlich besser fühlen. Entspann dich und versuch möglichst viel zu schlafen, das fördert den Heilungsprozess. Über die weitere Behandlung sprechen wir morgen. Ach, damit ich das nicht vergesse! Die Behandlung hier bei uns im Krankenhaus ist nicht kostenfrei, Luitpold!" „Hab ich mir schon gedacht! Keine Sorge, ich kann das bezahlen. Meine Geldbörse habe ich dabei und leer ist sie auch nicht." „Gut Luitpold, dann bis morgen. Wir sehen uns nach dem Frühstück!"

Mertlin, Katarina-Erika und Katarina packen alles ein, was für die kleine Operation notwendig war und verlassen anschließend gemeinsam das Krankenzimmer. Zu den beiden Schwestern gewandt meint Mertlin – „Bitte räumt alles wieder an seinen richtigen Platz und anschließend treffen wir uns in meinem Zimmer. Ich möchte noch ein paar wichtige Dinge bezüglich Luitpold mit euch besprechen! Geht das Zeitlich oder habt ihr dringende Krankenbesuche vor euch?" Katarina verneint seine Frage und meint - kein Problem, Mertlin, wir sind gleich da.

Minuten später sitzen alle drei gemütlich in Mertlins Zimmer auf einer rustikalen Eckbank, auf dem Tisch dampft eine Kanne mit richtigem Kaffee und ein paar dicke Scheiben von einem frischgebackenem Hefezopf liegt auch griffbereit auf einem Teller. „Essen wir erstmal was, so eine Operation ist anstrengend und unser Magen will ja schließlich auch was zu tun haben. An euch beide, besonders an dich Katarina, und jetzt meine ich die richtige Katarina, habe ich ein paar Fragen." „Das trifft sich gut, Mertlin! Die hätte ich auch." Die gemeinsamen Fragen werden uns bestimmt weiterhelfen. Wenn du einverstanden sein solltest, Katarina, würde ich gern mit der Fragerei anfangen?" „Ich bin damit einverstanden, Mertlin. Schon meiner Neugierde wegen, werde ich dir aufmerksam zuhören. Sollte ich nicht gleich alles verstehen können, unterbreche ich dich!"

Also, Katarina, und die Frage ist auch an dich gerichtet, Katarina-Erika, einmal angenommen, das eigenwillige Bauchgefühl treibt bei Katarina kein ungewisses Spiel mit ihr. Wieso sollte der Luitpold möglicherweise für sie eine Gefahr sein? Bist du ihm in deinem Leben schon einmal begegnet? Oder kannte er vielleicht deine Familie? Und wenn ja, wo und aus welchem Grund sollte das geschehen sein?" Gute Fragen, Mertlin! Ich bin mir ziemlich sicher, dass meine Familie und ich niemals Bekanntschaft, gleich welcher Art, mit Luitpold hatten. Ich wüsste auch nicht warum? Ich kenne ihn und seine Familie nicht und dadurch fällt es mir schwer, selbst bloße Vermutungen darüber anzustellen.

Was deine Frage in Bezug zu meinem Bauchgefühl betrifft. Wie soll ich das erklären? Bis jetzt hat mich dieses Gefühl noch nie in die Irre geführt oder im Ungewissen gelassen. Um das mal vorsichtig zu formulieren. Mertlin, ich bitte dich, was sucht ein junger, gut gekleideter Mann zu Pferd, mit städtischen Manieren hier bei uns in Chrieschwitz? Sein Dialekt wird in Thüringen so gesprochen. Ich weiß das. Letztlich habe ich viele Jahre in diesem Land verbracht. Unser Chrieschwitz ist im Vogtland. Und der Dialekt hier ist deutlich anders." „Gut beobachtet, Katarina. Jetzt wo du das sagst, fällt mir das wie Schuppen von den Augen." „Und noch etwas sollte für uns wichtig sein, Mertlin! Damit meine ich die Umstände, wie Luitpold zu uns ins Krankenhaus kam? Ich habe im Armeelazarett wirklich einige Verwundungen gesehen und gemeinsam mit Ferdinand, meinem Verlobten, behandeln müssen, die von einem Bajonettschtich, einem Schwerthieb oder von einem Dolch verursacht wurden. Wenn ich diese grausigen Verletzungen mit Luitpolds Schnittwunde am Oberschenkel vergleiche, gibt es da erhebliche Unterschiede. Gelinde ausgedrückt! Sie sieht jedenfalls, so sagt mir das meine bisherige Erfahrung mit solchen Verletzungen, eher künstlich aus, so als wäre sie selbst gemacht. Und noch etwas Eigenartiges bestärkt mich in meiner Vermutung. Wieso wird er mit der Verletzung allein liegend am Straßenrand gefunden, wo Gott sei Dank ständig jemand entlang läuft reitet oder fährt, damit er nicht verbluten sollte. Der angebliche Überfall auf ihn erfolgte nicht im Wald oder in der freien Natur nein, ausgerechnet auf der Straße. Obwohl die ganz bösen Halunken lieber versteckt und hinterlistig ihr schlimmes Handwerk treiben. Ach ja – komisch ist auch, dass sein Pferd friedlich in seiner Nähe graste. Ich bitte euch, ein Pferd? Wer wäre nicht froh, wenn er eins hätte und wenn er es klauen musste oder durch einen gemeinen Überfall es in seinen Besitz nehmen könnte. Was will ich damit sagen? Damit meine ich, dass der Verdacht nahe liegt, Luitpold hat sich die Verletzung selbst zugefügt. Dafür spricht auch, dass sie nicht besonders lang und tief ist. Große Blutgefäße wurden ebenfalls nicht verletzt. Eine bleibende Behinderung ist bei richtiger Behandlung nicht zu befürchten. Ich kann beim besten Willen nicht sagen, was ihn hier her treibt. Die Liebe zu mir kann es jedenfalls nicht sein. Dafür schneidet sich ein Mann nicht eine Wunde ins Bein, um vielleicht einen tollen Eindruck bei mir zu hinterlassen, wie mutig er wäre. So ganz ungefährlich ist das ja auch nicht. Also, warum fügt er sich so eine Verletzung zu? Ich denke mein Bauchgefühl irrt sich nicht. Hier ist ein böses Spiel gegen mich eröffnet worden, dessen bin ich, je mehr ich darüber nachdenke, ziemlich sicher!

Um diesem hinterlistigen Spiel auf die Spur zu kommen, sollten wir unbedingt wissen, wo genau er herkommt. Aus Thüringen kommt er. Jedenfalls spricht er so, wie es in diesem Land so Sitte ist. Dafür würde auch sprechen, weil ich in diesem Land längere Zeit wohnte. Das zu Ende gedacht könnte jedenfalls etwas Licht in dieses noch dunkle Spiel bringen. Ich habe so eine nebelhafte Ahnung, aber gut, lassen wir das vorerst! „Entschuldige Mertlin, mehr kann ich im Moment nicht dazu sagen." „Gut, Katarina, ab sofort nehmen wir dein Bauchgefühl sehr ernst. Wir werden die weitere Behandlung mit Luitpold so organisieren, dass du erstmal aus der „Schusslinie" kommst und nicht unmittelbar von Luitpold bedroht werden kannst, falls er es auf dich abgesehen haben sollte Katarina-Erika, du wirst weiterhin als Katarina tagsüber die unauffällige Überwachung und die medizinische Behandlung von Luitpolds Verletzung übernehmen. Ein Wechsel zwischen euch beiden würde vermutlich nur Verdacht erregen. Das sollten wir vermeiden. Lassen wir ihn in dem Glauben, du seiest die wahre Katarina. Für die Nachtzeit werden wir Schwester Käthe einsetzen. Laura, unsere kleine Patientin mit der Rückenverletzung verlegen wir in sein Zimmer. Sie kann zwar noch nicht laufen, aber laut schreien kann sie bestimmt, falls ein Anlass dafür sein sollte. Damit vermeiden wir zwar keine schlimmen Absichten von Luitpold, aber wir wären dadurch besser darauf vorbereitet, so passieren sollten. Wie heißt dazu ein typisches Sprichwort:

„Solange der Ausgang einer vermeintlich gefährlichen Situation
zweifelhaft erscheint, schreit das Bauchgefühl nach
der Vorsicht."

Zur Begründung werden wir Laura und Luitpold erklären, dass das Krankenzimmer, in dem sie liegen, für Patienten eingerichtet wurde, die krankheitsbedingt gehbehindert sind.

Ich denke, Katarina, wir sollten den Schritt wagen. Und dir Katarina-Erika versprechen wir fest, dass wir sehr wachsam sein werden und sorgfältig auf dich achten, damit dir Luitpold kein Leid zufügen kann oder sonst wie an die Wäsche gehen will.. In den kommenden zwei Wochen wird die Verletzung ihn davon abhalten, sich körperlich aufzuraffen und umherzulaufen. Daran wird ihn die Wunde hindern und die Schmerzen werden ihr Übriges dazu tun. Gefährlich wird es erst dann, wenn wir die Fäden an seiner Wunde ziehen und er davon ausgehen kann, dass die Verletzung so gut wie verheilt sein könnte, so dass er sein verletztes Bein wieder belasten kann. Wir werden ihm das beim Ziehen der Fäden auch so erklären. Ab diesem Zeitpunkt sollten wir besonders wachsam auf Katarina-Erika achten. So, jetzt Schluss damit und wieder zurück zu unserem Alltag im Krankenhaus. Entschuldigt bitte, beinahe hätte ich unser gemeinsames Mittagessen bei meiner lieben Sieglinde versemmelt. Wir sollten uns das nicht entgehen lassen. Soweit ich weiß, gibt es leckere Spalken, also einen Gemüseeintopf als Vorspeise. „Katarina, du kommst ja aus Thüringen. Kennst du Spalken?" „Die Bezeichnung dafür weiß ich nicht, aber einen Gemüseeintopf kenne ich schon und den esse ich besonders gern." „Das ist nur die Vorspeise. Als Hauptgericht gibt es Bambes. Weißt du was ich damit meine, Katarina?" „Das Gericht kenne ich. Wenn ich mich nicht irre, sind das flache Kartoffelfladen aus geriebenen rohen Kartoffeln, die in der Pfanne mit Fett schön knusprig gebraten werden. Und was macht Sieglinde dazu?" „Auf das „Dazu" freu ich mich besonders. Sieglinde wird einen kräftig gewürzten Rindergoulasch im Schmortopf zubereiten. Ich sage euch – einfach lecker! Und als Nachtisch gibt es Kartoffelkuchen mit Apfelmuss." „Lieber Mertlin, wenn wir das alles verdrückt haben, wird es schwer werden, unserer Arbeit im Krankenhaus nachzugehen. Der Magen braucht dafür seine Zeit. Ich weiß, was du sagst, Katarina-Erika. Schau mich an. Die gute Küche von Sieglinde ist ja an mir nicht mehr zu übersehen. Das stimmt, Mertlin du solltest dich beim Essen etwas zügeln!" „Was heißt hier zügeln? Ihr kennt doch unsere Einstellung zum Essen hier im Vogtland. Wie heißt es da so gut im Volksmund:

„Erdeppelsupp in der Früh, Erdeppl zu Mittig in der Brüh,
Erdeppl ne Umnd in der Schol,
macht ne Tag drei Mol."

Der Alltag im Krankenhaus kennt keine langen Ruhepausen. Die Patienten müssen versorgt und behandelt werden. Mertlin, Katarina-Erika und Katarina wissen das. Schnell noch einen Kaffee, bevor sie Sieglinde in die Arme nehmen und sich für das leckere Essen herzlich bedanken. Um jeder weiteren Versuchung nach einem Stück Kartoffelkuchen mit Apfelmus nicht zu erliegen. Alle drei eilen aus der Küche und laufen in Richtung Krankenhaus, um wieder bei ihren Patienten zu sein.

Die Tage vergehen und der Zeitpunkt, an dem die Fäden bei Luitpold gezogen werden sollen, rückt näher. Katarina-Erika nimmt sich einen Tag vor dem Ziehen der Fäden Zeit für ihn und erklärt Luitpold genau, was dafür notwendig sein wird. Mertlin wird mit seiner langjährigen Erfahrung das selbst durchführen und Schmerzen wird er dabei kaum aushalten müssen. Sichtlich beruhigt darüber, kann sie sich von ihm verabschieden und sich wieder anderen Patienten zuwenden.

Der kleine Eingriff an Luitpolds Oberschenkelwunde erfolgt so, wie ihm von Katarina-Erika am Tag zuvor bereits erläutert wurde, ohne Komplikationen. Nicht nur an Luitpolds Gesicht sondern auch an dem von Mertlin ist die Erleichterung darüber nicht zu übersehen. Ab jetzt kann Luitpold selbständig mit einem Gehstock allein ins Badezimmer laufen, um sich zu waschen und seine Notdurft verrichten. Im Bett liegend muss er nicht mehr darauf warten, bis das Schwester Katarina-Erika oder nachts Schwester Käthe übernehmen. Die kommenden Tage werden zeigen, inwieweit Katarinas warnendes Bauchgefühl unheilvolle Realität werden könnte.

Am dritten Tag nach dem Ziehen der Fäden trat das ein, was alle befürchteten. Laute Schmerzensschreie von Schwester Katarina-Erika als auch die etwas leiseren Hilferufe von Laura sind nicht zu überhören. Mertlin, der im Nachbarzimmer gerade damit beschäftigt ist einer älteren Frau am Arm einen frischen Verband anzulegen, hält sofort mit seiner Arbeit inne, eilt aus dem Zimmer und stürmt in das Krankenzimmer von Luitpold. Beim Aufreißen der Türe blickt er auf das Bett und sieht Luitpold auf Katarina-Erika hockend, wie er mit Faustschlägen und einem Messer versucht sie umzubringen. Kurzerhand greift sich Mertlin den am Boden liegenden Gehstock und zertrümmert ihn auf Luitpolds Kopf. Zwei Dinge geschehen gleichzeitig. Luitpold sackt zusammen, kippt mit einem eigenartigen Grunzlaut vom Bett und bleibt regungslos auf dem Fußboden liegen. Dank des hilfreichen Eingreifens von Mertlin beruhigt sich Katrin-Erika und greift mit schmerzverzerrtem Gesicht zu ihrer linken Schulter. Aus mehreren Stichwunden quillt bereits erheblich viel Blut. Eine schnelle Behandlung, das erkennt Mertlin sofort, darf nicht aufgeschoben werden.

Nach einer kurzen Untersuchung der Stichwunden meint Mertlin beruhigend zu Katarina-Erika: "Gott sei Dank, du hast weiter keine schlimmen Verletzungen abbekommen. Jedenfalls kann ich sie nicht feststellen. Dein Gesicht ist allerdings durch die Fausthiebe arg zugerichtet worden. Die Nase blutet und deine Augen und die Lippen werden wohl einige Zeit viel Pflege brauchen, bis sie wieder so aussehen wie vor der Prügelei."

Mit einem Seitenblick erkennt Mertlin Katarina und Schwester Käthe. „Bitte Käthe, du holst zwei handfeste Stricke! Schnell, beeil dich! Solange Luitpold regungslos am Boden liegt, ist er ungefährlich. Wir müssen ihn sofort fesseln, bevor er wieder zuschlagen kann." „Katarina, du kümmerst dich bitte um Katarina-Erika. Bring sie in ein anderes Zimmer und sorge dich um ihre Verletzungen an der Schulter. Nimm etwas Alaun und bemühe dich, die Blutungen einzudämmen. Das wäre jetzt das Vordringlichste. Um die Hiebwunden im Gesicht kannst du dich danach kümmern."

Während er das sagt, dreht er Luitpold auf den Bauch und setzt sich auf Luitpolds Hinterteil. Seine Arme dreht er so, dass er sie auf seinem Rücken gut festhalten kann. Bei Mertlins beachtlichem Gewicht dürfte es Luitpold nach seinem Erwachen aus der Ohnmacht schwer fallen, sich aus dieser Lage zu befreien. Sicherer wird es sein, überlegt Mertlin, er läge gut gefesselt am Boden. Ich kann ja nicht die ganze Zeit auf ihm sitzen bleiben, bis unsere Wachmänner eintrifft, um ihn sicher in eine ausbruchsichere Kammer zu sperren. Während er noch darüber nachdenkt, kommt Käthe mit zwei dicken Stricken is Zimmer und Mertlin kann mit geübten Griffen die Hände und Füße von Luitpold so fesseln, dass er sich nicht selbständig fortbewegen könnte. Das wird eine Weile halten, und uns diesen Halunken vom Hals zu halten.

Mertlin wendet sich an Katarina und meint: „Ich habe im Stillen gehofft, dein Bauchgefühl möge sich irren – leider! Ehrlich gesagt, ich habe das Luitpold so nicht erwartet. Ich habe mich geirrt! Er ist ein mieser Verbrecher und vertrau mir, wir werden alles unternehmen, damit wir erfahren, was ihn zu dieser finsteren und grausamen Tat getrieben hat. Gut Katarina, bitte kümmere dich um die Wachmänner! Sie sollen diesen Halunken abholen und sicher einsperren. Zwischenzeitlich bleibt er hier gefesselt am Bo-den liegen. In diesem Zustand werden wir ihn allein lassen und ihm Zeit gehe über das was er Katarina-Erika angetan hat nachzudenken. Käthe soll hier in seiner Nähe bleiben. Sollte er rebellisch werden, bekommt er eine ordentliche Tracht Prügel. Was hälst du davon, Katarina?" „Ich bin damit einverstanden, Mertlin. Bin ja neugierig, was er uns für Begründungen auftischen wird, um sein ver-werfliches Handeln vielleicht auch noch rechtfertigen zu wollen. Na, wir werden es ja zu hören bekommen. Gehen wir essen!" „Und bitte Käthe, schrei sofort los, wenn Luitpold versucht, sich aus den Fesseln zu befreien." „Mach ich, verlasst euch darauf!"

Sichtlich beruhigt laufen Mertlin und Katarina zum Zimmerausgang und wollen sich schon von Käthe verabschieden, als sie die leise Stimme von Luitpold hören. „Bitte Mertlin und auch du Katarina-Erika, bleibt hier, ich muss mit euch reden!" Geht es darum, was du Katarina alles angetan hast?" „Ja, das auch, aber nicht nur."

„Wenn das so ist und du uns nicht belügen willst, dann hast du in Käthe, Katarina-Erika und mir sehr aufmerksame Zuhörer. Wenn du uns versprichst, keine Dummheiten anzustellen, damit meine ich Gewalttätigkeiten und mögliche Fluchtversuche, legen wir dich aufs Bett. Das ist bequemer und soll dir zeigen, dass wir dir zwar nicht verzeihen können, aber gewillt sind zumindest deine Gründe anzuhören, die dich dazu bewegten, so gewalttätig zu werden."

Gemeinsam mit den beiden Frauen heben Mertlin den gefesselten Luitpold in sein Bett, legen ihm ein Kissen unter seinem Kopf und geben ihm ein Glas Wasser. „Wenn du bereit bist, Luitpold, mit uns zu reden, dann sei versichert, dass wir dir auch zuhören werden." „Danke, Mertlin! Mein richtiger Name ist Gottfried Graf von Witzlach. Der Name Luitpold sollte nur meine wahre Herkunft verschleiern. Ich muss, um das zu sagen was der Wahrheit entspricht und für euch wichtig ist, gedanklich ziemlich weit ausholen. Das kann einige Zeit dauern. Und so wie ich hörte, wolltet ihr zum Essen gehen." „Das Essen streichen wir vorerst. Ich denke, dass das was du uns jetzt erzählen wirst, sehr wichtig ist und so schnell verhungert kein Mensch. Also, Gottfried Graf von Witzlach, wenn du einverstanden bist, lass ich den Grafen vorerst beiseite!" „Ich habe damit keine Probleme, Mertlin. Hört mir zu und wenn es schwer zu verstehen sein sollte, die Zusammenhänge zu erkennen, unterbrecht mich bitte." „Keine Sorge, Gottfried, das werden wir tun. Bevor du beginnst, lass dir noch sagen, dass wir Lügen nicht vertragen. Ich rate dir sehr eindringlich, sag die Wahrheit. Sollten wir dich dabei ertappen, dass du uns anschwindelst, werden wir mit dem Bischof von Plauen sprechen und ihn bitten, ein Gottesurteil anzuordnen, dem du dich stellen wirst. Wie du vermutlich weißt, ist ein Gottesurteil ein übernatürliches, himmlisches Zeichen, das herbeigeführt wird, um eine Entscheidung darüber zu treffen, ob ein Mensch lügt oder die Wahrheit sagt. Dabei greift der Herr im Himmel persönlich in den Rechtsfindungsprozess ein, um den Sieg der Gerechtigkeit zu garantieren. Aber das wissen wir ja und du sicherlich auch. Was dir nicht bekannt sein dürfte ist, dass der Bischof von Plauen aus der Vielfalt der Gottesurteile, eine besondere Vorliebe für die so genannte juristische Wasserprobe mit kochendem Wasser hat. Sie ist, jedenfalls sagt mir das mein Verstand und meine Erfahrung aus Verletzungen durch versehentliches Verbrühen mit kochendem Wasser, nicht nur die älteste Anwendung eines Gottesurteils, sondern auch die schmerzlichste und grässlichste die ein Mensch überhaupt noch ertragen kann, wenn überhaupt. Der Beschuldigte, also in unserem Falle du, Gottfried von Witzlach, musstest dabei mit beiden Händen und beiden nacktem Armen einen Ring oder eine kleine Münze aus einem Kessel mit kochendem Wasser herausholen. Die verbrühten Hände und Arme werden anschließend verbunden und versiegelt. Nach drei Tagen werden die Verbände behutsam und fachgerecht entfernt. Sollten die entsetzlich schlimmen Brandwunden bereits an deinen Händen und Armen verheilt sein, sprichst du die Wahrheit und hast uns nicht angelogen. So jedenfalls Gottes Spruch. Und Gott lügt nicht." „Danke Mertlin für deine mahnenden Worte. Ich weiß was ein Gottesurteil ist und ich weiß auch, dass aus meiner Kenntnis heraus noch kein so genannter Beschuldigter das heil und gesund überlebt hätte. Solche Wunden verheilen nicht. Aber das weißt du ja als Baderchirurg besser als ich. Aber gut, lassen wir das! Wie schon gesagt, hört mir zu und seit versichert, dass ich die Wahrheit sage."

Die finsteren Machenschaften der Gräfin von Witzlach

Nacht, dunkle kalte Nacht... Ich sitze im Friedhof meiner
eigenen Gefühle und nage wie ein Zombie die letzten
Reste vom Skelett unserer Liebe...

Mir wird übel, übel vor mir selbst, denke
ich an deine Liebesschwüre...

Ich Narr habe dir geglaubt nur allzu gerne
dir blind vertraut...

Nachdem du alles von mir wusstest, alles
von mir hattest hattest du genug von
mir. Hast mich kalt lächelnd
einfach abserviert...

Ich denke gerade an dich nicht voller Liebe,
sondern voller Wut. Verfluche dich
und "deine Liebe"...

Das Schlimmste dabei ist, du hast nicht nur mein Herz gestohlen,
sondern auch die Achtung vor mir selbst... Dank deiner
Liebe beginne ich nun mich selbst zu hassen.

Die Grafschaft der alteingesessenen Adelsfamilie zu Witzlach gehört mit zu den ältesten Adelsfamilien in Thüringen. In der Stadt Weimar steht sie an der Spitze der feudalen Machtpyramide. Auch wird ihr eine enge Verbindung zum Klerus in Rom und zu den meisten Bischofsresidenzen in Deutschland nachgesagt. Dieses umfassende Beziehungsgeflecht stützt sich, dank der wirtschaftlichen und finanziellen Beteiligung an jeglicher Art von Raubkriegen der christlich katholischen Kirche, auf ein solides Polster der drei „G". Damit meine ich Gold, Geld und Grundbesitz.

Das ist allerdings nur die eine Seite des protzigen Familienwappens. Dieses Wappen hat auch noch eine andere Seite, die vor der bürgerlichen Öffentlichkeit gern verheimlicht wird. Sie betrifft weniger das Vermögen der Großfamilie, sondern mehr die Männer, Frauen und Kinder die davon leben. Die Charaktereigenschaften der herrschenden Köpfe in diesem Adelsgeschlecht werden von einem abgrundtiefen moralischen Verfall von Sitte und Moral regelrecht aufgefressen. Was davon übrig bleibt ist Gier, Neid und Hass. Das Wort Nächstenliebe, so wie von Gott angeblich gewollt, wurde aus dem Wortschatz dieser adligen Großfamilie entfernt.

Auf die Vermögensverhältnisse möchte ich jetzt nicht näher eingehen. Es ist für das, was hier im Krankenhaus geschehen sollte, ohne Bedeutung.

Die Hauptperson allen Übels in unserer Großfamilie ist die Gräfin von Witzlach, meine Großmutter. Sie hat das Zepter der Macht, trotz ihres hohen Alters, fest in der Hand. Alle üblen Ideen und die daraus resultierenden Handlungen haben ihre Wurzeln in ihrem Kopf. Warum ist oder wurde sie so? Ein Grund könnte dafür gewesen sein, dass Ihr Ehemann, der Graf zu Witzlach und mein Großvater ein völliger Versager war wenn es darum gehen sollte Verantwortung für die Familie zu übernehmen. Stattdessen entwickelte er sich zum Faulpelz, Raufbold und zum Hurenbock. Es gab wohl kaum eine Frau in Weimar, ob arm oder reich, die nicht mit ihm ins Bett stieg. Aufgrund seines Geldes dürfte das auch nicht so schwer gewesen sein. Ich sage bewusst gewesen sein, weil er nicht mehr unter uns weilt, sondern vermutlich beim Satan in der Hölle schmoren muß.

Er starb an einer sehr schmerzhaften Krankheit, wie sie bei solchen Hurensöhnen, wie mein Großvater, häufig auftrat. Sie nennt sich Syphilis. Im Volksmund nennt man sie auch Franzosenkrankheit. Warum, weiß ich nicht. Es ist eine typische Infektionskrankheit die sich in der Hurerei austobt und ihre Opfer findet. Die medizinische Wissenschaft ordnet sie zur Gruppe der sexuell übertragbaren Erkrankungen ein. Typisch für diese Krankheit sind Schleimhautgeschwüre. Allerdings kann es auch zu wesentlich schlimmeren Erkrankungen kommen, so wie es bei meinem Großvater geschah. Er starb unter grässlichen Schmerzen und war am Ende seiner Leidenszeit nicht mehr Herr seiner Gedanken. Meine Großmutter, die Gräfin von Witzlach, war darüber eher sichtlich erleichtert. Dieser Saufbold und Hurenbock warf in der Öffentlichkeit kein gutes Licht auf unsere Großfamilie. Spott und Häme blieben da bei den Bewohnern von Weimar nicht aus. Auch das viele Geld der Familie konnte daran nichts Wesentliches ändern. Darunter litt meine Großmutter in besonderer Weise.

Meine Cousine, Magdalehne von Witzlach, die Enkeltochter unseer Großmutter, traf ebenfalls ein schwerer Schicksalsschlag, der das Leben meiner Cousine sehr zu ihren Ungunsten veränderte. Diese Veränderung beeinflusste, sicherlich ungewollt, in einschneidender Weise eine Krankenschwester mit Namen Katarina. Ihr kennt sie! Sie arbeitet ja hier im Krankenhaus. Natürlich bin ich auch, mit dem was meiner Cousine zustieß, verstrickt. Mein Hiersein sollte einem bestimmten Zweck dienen. Aber darauf komme ich noch zu sprechen.

Ausgerechnet sie, also meine Cousine Magdalehne von Witzlach, verliebte sich unsterblich in den gutaussehenden jungen Freiherrn Ferdinand vom Rothenanger. Gern hätte sie ihn in ihr Bett gezogen, schon der Konkurrenz wegen. Hinter so einem gutaussehenden Freiherrn waren auch andere adlige Damen her. Ach ja, Arzt war er auch noch und, so hörte man, sogar ein begabter Medicus.

Ausgerechnet er, also dieser Ferdinand und Freiherr vom Rothenanger, so munkelte man in der Stadt Weimar, verliebte sich während seines medizinischen Einsatzes im Feldlazarett bei Auerstedt in eben diese Krankenschwester Katarina. Diese Beziehung war nicht etwa eine kleine Liebelei, sondern die beiden standen kurz vor der Hochzeit. Verlobt waren sie bereits, sehr zum Leidwesen von Ferdinands Familie. Eine bürgerliche Ehefrau im adligen Familienkreis war nicht so gern gesehen. Jedenfalls war das die öffentliche Meinung. Leider verstarb Ferdinand, bevor es zum gemeinsamen Ehebund mit Katarina kam, an einer unheilbaren Lungenkrankheit und somit war klar, dass meine Cousine, Magdalehne von Witzlach, ihre Hoffnung, Ferdinand vom Rothenanger doch noch zu bekommen, aufgeben musste. Dass das bei meiner Großmutter keine Begeisterung auslöste, kann sich jeder denken. Ein Schuldiger musste her. Koste es was es wolle. Wem könnte man das alles in die Schuhe schieben? Vor allem, wer war schuld am Tod von Ferdinand? Die Antwort darauf fand meine Großmutter sehr schnell – die Krankenschwester! Sie hat absichtlich Ferdinand mit ihrer falschen Pflege in den Tod getrieben. Katarina – sie ist die wahre Schuldige an allem was geschah.

Die Gräfin von Witzlach, meine Großmutter fackelte auch nicht lang herum. Schnell hatte sie herausgefunden, dass Katarina das Anwesen der Familie vom Rothenanger verlassen möchte und wohl in Richtung Vogtland aufbrechen wollte. Das war die Gelegenheit! Über den Arzt, der Ferdinand während seiner schweren Erkrankung behandelte, erfuhr sie den Abreisetermin und erkannte sofort die Gelegenheit, Katarina scheinheilig ihre Hilfe anzubieten. Sie beabsichtige, mit ihrer Enkeltochter Magdalehne die Grafschaft vom Hohenstein zu Hoheneck zu besuchen. Sie wäre bereit, sie in ihrer Kutsche mitzunehmen, da die Grafschaft nahe an das Vogtland grenzt. Die Reise sei doch recht weit und nicht so ganz ungefährlich. In ihrer Kutsche und unter Begleitung einer Wachmannschaft reist es sich doch angenehmer und vor allem sicherer.

In Wahrheit hatte sie vor, Katarina in einem abgelegen Kloster im Erzgebirge für so genannte „gefallene" Mädchen und Frauen unterzubringen, damit sie für den Rest ihres Lebens die Zucht und Ordnung des Herrn im Himmel täglich zu spüren bekommen sollte. Die Äbtissin dieses Kloster ist dafür bekannt, dass sie hart und unbarmherzig mit den dortigen Nonnen umgehen würde. Das Lachen, ja selbst das Wort Lachen, waren im Kloster nicht zu vernehmen.

Wie so oft im Leben kommt es anders als man denkt und plant. Die Kutsche der Gräfin zu Witzlach wurde auf dem Weg nach Hohenstein von marodierenden preußischen Soldaten überfallen. Dabei wurde der Gräfin als auch ihrer Enkeltochter das gesamt Geld und der Schmuck abgenommen. Nicht genug damit! Meine Cousine, Magdalehne von Witzlach, wurde von drei Soldaten dieser marodierenden Bande brutal vergewaltigt und am Körper und im Gesicht übel zugerichtet. Auch meine Großmutter bekann ihren Teil ab. Ihr wurden die Zähne ausgeschlagen. Nur Katarina, zugeknöpft bis zum Hals und angezogen wie eine Nonne, wurde von den Soldaten verschont. Vermutlich wollten sie sich an einer Dienerin Gottes nicht vergreifen. Man weiß ja nie, was der alte Herr im Himmel dazu sagen würde.

Meine Großmutter und meine Cousine haben zwar diesen brutalen Überfall überlebt, aber körperlich und geistig brauchte es seine Zeit, die Wunden wieder zu heilen wenigsten teilweise. Magdalene, also meine Cousine, wurde trotz allem ärztlichen Bemühen, nicht wieder gesund. Ihr Unterleib, so sagte der Arzt, wurde durch die brutale Vergewaltigung zerstört. Eine Heilung schien aussichts-los. Nur mit starken Schmerzmitteln konnte sie das Leben ertra-gen. Abgetrennt in einem separaten Wohnbereich im Schloss, wird sie vor der Öffentlichkeit ferngehalten und so betreut und versorgt, damit sie die bleibenden körperlichen Schmerzen nicht mit voller Wucht ertragen muss. Der Schrei unserer Großmutter nach Rache war nicht mehr zu überhören.

Nach Verlauf eines halben Jahres forderte mich meine Großmutter unmissverständlich dazu auf, die Schuldige, gemeint war die angebliche Krankenschwester und Weib des Satans mit Namen Katarina, für das Leid, das unserer Familie erdulden muß, zu bestrafen. Und zwar so, dass ihr Todesmarsch direkt in die Hölle führt. Dort gehört sie hin.

Durch ihre Beziehungen wusste sie bereits, dass eine Krankenschwester mit Namen Katarina vor geraumer Zeit in Chrieschwitz ankam. Der kleine Ort liegt im Vogtland. Im Krankenhaus dieses Ortes soll sie angeblich als Krankenschwester arbeiten. Genaueres würden ihre Mittelleute noch in Erfahrung bringen. Der dortige Pfarrer wird ebenfalls über die Beichte seiner Dorfbewohner alles in Erfahrung bringen was notwendig sein sollte, um sie erforderlichenfalls der Hexerei zu überführen.

Im Beisein des Hausarztes meiner Großmutter entwickelten wir einen Plan, wie ich, möglichst ohne Verdacht zu wecken, für einige Tage in diesem Chrieschwitzer Krankenhaus als kranker oder verletzter Mann aufgenommen und behandelt werden könnte. Meine Großmutter meint dazu, dass ich als Familienmitglied eigentlich verpflichtet sei, meine Cousine zu rächen. Und, so nebenbei meinte sie noch, dass es auch finanziell für mich vorteilhaft sein wird. Da ich selber über keine wesentlichen Einnahmen verfüge, kam mir das natürlich sehr entgegen. Bei allem hin und her einigten wir uns darauf, dass ich mir selbst eine Verletzung beibringen sollte allerdings so, dass ich mich dabei nicht zum Krüppel machen musste.

Der Hausarzt erkälte mir, wie und an welcher Stelle meines Körpers ich mir eine Verletzung beibringen kann, ohne das ich mit ernsten Konsequenzen für meine Gesundheit rechnen musste. Eine Flasche mit einem starken Schmerzmittel – eine Mischung aus Alkohol und Opium - händigte er mir noch vor meiner Abreise aus und erklärte mir, wieviel ich wann davon einnehmen soll, um die Schmerzen leichter zu ertragen. Und so geschah es! Den Rest der Geschichte kennt ihr ja.

Nachdem ich von Katarina weiß, was sich wirklich in Weimar und bei der gemeinsamen Arbeit im Zeltlazarett zwischen ihr und dem Freiherrn zum Rothenanger abspielte, habe ich eine völlig andere Meinung zu dem, was meine Großmutter alles im Schilde führt, um Katarina aus dem Weg zu räumen. Auch die schrecklichen Erlebnisse meiner Großmutter und meiner Cousine in der Kutsche auf der Fahrt nach Hohenstein kenne ich jetzt aus den Gesprächen mit Katarina. Mir ist bewusst geworden, dass meine Großmutter eigentlich nur ein Opfer suchte, um Rache zu nehmen an einem Menschen, der möglicherweise nur zur falschen Zeit am falschen Ort war. Allerdings am Leid ihrer Enkeltochter völlig unschuldig ist. Auch die umsichtige und sorgsame Behandlung meiner eigenen Verletzung hat mich aufgerüttelt. Ehrlich gesagt, ich fühle mich elend! Vielleicht könnt ihr mir verzeihen, jedenfalls bitte ich euch darum. Ich möchte den Rest meines Lebens in einem Kloster verbringen. Wenn ihr mir helfen könntet, dass sich mein Wunsch erfüllen würde, wäre ich euch sehr dankbar. „Was meinst du dazu, Mertlin?" Der wickelt erstmal behutsam den Verband von seinem verletzten Oberschenkel, tastet sorgsam die Narbe ab und wickelt den Verband wieder fest zu. „Danke Luitpold für dein Geständnis. Ich muß sagen, deiner Großmutter möchte ich nicht so gern begegnen und wenn es schon sein müsste, dann sollte sie hier bei uns im Krankenhaus wie gelähmt auf einem Strohsack liegen müssen, so dass sie keinen Schaden anstellen kann. Wieder zurück zu dir! Als Baderchirurg rate ich dir noch ein paar Tage hier im Bett zu liegen, bis die Wunde gut ver-heilt sein wird. Der Weg zu einem Kloster wird dir deswegen nicht weglaufen. Damit es bei diesem engen Kreis bleibt, die mit dem schrecklichen Geschehen zwischen dir, deiner Familie und Kata-rina verbunden sind, wird ab sofort nur noch ich und Schwester Käthe die Behandlung und Betreuung von dir übernehmen. Ich werde mir zwischenzeitlich überlegen, wie wir dich sicher in einem annehmbaren Kloster unterbringen kön-nen, indem keine zu strengen Sitten im Umgang miteinander vorherrschend sind. Ich sage das bewusst so, weil ich dafür bereits konkrete Vorstellungen habe.

Wie du nicht wissen kannst, pflegt unser Krankenhaus sehr enge Beziehungen zum Kloster Auerbüchel. Es befindet sich, etwas abge-legen von der Öffentlichkeit, in der Nähe von Auerbach auf dem Hügel einer massiven Bergkette, dem Erzgebirge, eingebettet von dichten Fichtenwäldern. Es bedarf schon einiger körperlicher An-strengungen, um dorthin zu kommen. Den Abt dieses Kloster, ein glühender Anhänger des Franziskaner Ordens, kenne ich seit Jah-ren persönlich. Sollten wir gemeinsam eine Vereinbarung treffen, halten wir uns auch daran und zwar grundsätzlich! Wie du viel-leicht weißt, hatte der Gründer des Franziskaner Ordens, Franzis-kus von Assisi zunächst nicht den Plan, einen Orden zu gründen. Eigentlich wollte er so leben, wie der Sohn der Mutter Maria aus der unbefleckten Empfängnis mit Namen Jesus. Für ihn galt der Grundsatz: Wer in Gottes Augen vollkommen sein möchte, verzich-te auf alles was er hat und folge mir nach. Eine Lebensweisheit, die im krassen Widerspruch zur Lebensweise deiner Großmutter steht. Sie wird, so denke ich, um dieses Kloster einen Bogen machen und nicht annehmen, dass du dich dort aufhalten würdest. Die Franzis-kaner Mönche im Kloster Auerbüchel sind leidenschaftliche Gefährten dieses Franziskus von Assisi, seiner Anhänger und seinen vielen Freunden auf der ganzen Welt. Ich bin zum Beispiel einer von ihnen und halte damit auch nicht hinter dem Berg. Ich denke, Luitpold, du bist im „Orden der Minderen Brüder" wie er im Volksmund hie und da genannt wird, sehr gut aufgehoben. Strenge Sitten und schmerzhafte Kasteiungen am eigen Körper sind verpönt. Von Ausnahmen einmal abgesehen. In diesem Zusammenhang spricht auch viel für den Franziskaner Orden und ihren Brüdern, dass die Anwendung der Folter, wenigstens in Deutschland, so wie sie bei der Inquisition angewendet wird, nicht oder nur sehr selten vorkommt.

Die Lebensweise der Franziskaner Mönche hat allerdings auch so seine Schattenseiten. Diesem Orden fehlt es ständig an Geld, um so leidlich ihr Leben zu fristen. Man nennt sie ja auch im Volksmund scherzhafterweise die Bettelmönche. Solltest du in deiner Börse eine größere Anzahl Florentinischer Goldmünzen besitzen und die, abzüglich von zwölf Münzen für die Pflege und Behandlung deiner Wunde hier im Krankenhaus, in die Kasse des Klosters einzahlen, wird dein Leben im Schutz der Klostermauern für dich, auch unter Berücksichtigung deines beachtlichen Bildungsstandes, durchaus erträglich werden.

Das Risiko, von deiner Großmutter und ihren Helfershelfern entdeckt zu werden halte ich persönlich für sehr gering. Rücksichtsvoll formuliert! Wie gesagt, ich kenne den Abt vom Franziskaner Kloster Auerbüchel sehr gut und weiß, dass auf sein Wort Verlass ist. So wie du erzähltest und wie ich auch von Katarina erfahren habe, ist deine Großmutter, die Gräfin von Witzlach, auch schon in einem betagten Alter. Sie wird ja nicht ewig auf unserer Erde leben können. In Gottes Himmelreich – mein Gott, vielleicht? So wie sie sich gegenüber Katarina verhalten hat denke ich, wird es wohl eher die Hölle sein in der sie ihr außerirdisches Leben verbringen wird. Eigentlich ist das für dich nicht so wichtig. Du, Luitpold, sollst ein ruhiges und vor allem ein sicheres Leben führen können und darauf kommt es an. Kannst du mit meinem Vorschlag gut leben, oder hast du noch Fragen dazu?" Nein, Mertlin! Wenn das so eintritt, wie du das eben geschildert hast, kommt das meinen Erwartungen sehr entgegen. Danke Mertlin!" „Na, dann erstmal Schluss mit dem Thema! Ruh dich aus und überlass die Pflege und Behandlung deiner Wunde Schwester Käthe. Sie weiß, was sie tun muß! In einer Woche werden wir beide, gemeinsam mit vier Wachleuten, zum Franziskaner Kloster Auerbüchel aufbrechen. Es sei denn, deine Narbe würde den Heilungsprozess verzögern. Dann verschieben wir die Reise um ein paar Tage." „Einverstanden, danke Mertlin!"

Katarina-Erika, Schwester Käthe und Mertlin verlassen Luitpolds Zimmer und machen sich auf den Weg zu Mertlins Haus, um bei Sieglinde ausgiebig zu frühstücken. Nicht nur der Hunger treibt sie dahin. Sie haben auch ein paar wichtige Maßnahmen zu besprechen, die keinen Aufschub dulden. Kaum sind die Reste von Kaffee und einem leckeren Hefezopf dort, wo sie schon erwartet werden, wendet sich Mertlin an Sieglinde und bitte sie mit am Tisch zu bleiben. Wir haben einige wichtige Entscheidungen zu besprechen, die das Leben von Katarina-Erika betreffen. Und was diesen Doppelnamen betrifft, den werden wir ab sofort weglassen. Katarina ist wieder Katarina. Das Wissen darüber bleibt ab sofort unter uns vier Eingeweihten. Keine andere Person hier im Schloss darf das er-fahren und Luitpold sowieso nicht. Man weiß ja nie, wohin sich das Schicksal wendet. Dein Leben ist in Gefahr, Katarina, und dieser unmittelbaren Bedrohung müssen wir mit den notwendigen Schutzmaßnahmen für dich entgegen arbeiten. Nach dem Bericht von Luitpold ist mir völlig bewusst, Katarina, dass du auf dem schnellsten Weg von hier fort musst. Ich schlage deshalb vor, dass du in Begleitung von sechs Wachsoldaten Ende dieser Woche zur Grafschaft von Hohenstein zu Hoheneck reitest. Wie ich weiß, haben dich der Graf und auch die Gräfin fest in ihr Herz geschlossen, so dass du vorerst bei ihnen sicher sein wirst. Morgen werde ich einen zuverlässigen Wachsoldaten mit einem Brief zur Grafschaft nach Hohenstein reiten lassen, um dein Kommen anzukündigen. In diesem Schreiben werde ich dem Graf und der Gräfin von Hohenstein zu Hoheneck den wahren Grund deiner plötzlichen Abreise hier vom Krankenhaus erklären. Und ich werde auch besonders darauf hinweisen, in welch akuter Lebensgefahr du durch das hasserfüllte Verhalten und Handeln der Gräfin von Witzlach gefangen bist und dringend Hilfe brauchst. Gemeinsam werden wir bestimmt einen Weg finden, damit dir der Hass der Gräfin von Witzlach nicht mehr folgen kann. Ich hoffe es wenigstens. „Was meinst du dazu, Katarina?" „Ich gehe nur sehr ungern von hier weg, Mertlin. Hier im Krankenhaus habe ich euch und ihr werdet mir sicher helfen können, wenn es notwendig sein sollte. Aber gut, wenn es sein muss, gehe ich. Die Gräfin von Witzlach weiß ja wo ich mich zurzeit aufhalte und wird wohl erst dann Ruhe gehen, wenn ich tot bin. Das, ehrlich gesagt, möchte ich nicht. Jedenfalls nicht auf so eine abscheuliche Art und Weise, wie sie die Gräfin von Witzlach vermutlich im Sinn hat."

„Das ist die richtige Einstellung, Katarina. Käthe und ich lassen dich jetzt mit Sieglinde allein, damit ihr alles für die Abreise vorbereiten könnt. Mit Christina, unserer liebenswerten Baronin und Verwalterin der Finanzen für das Krankenhaus, spreche ich noch kurz ab, warum du nach Hohenstein reitest, um dort für zwei bis drei Monate die kranken Männer, Frauen und Kinder zu behandeln. Details darüber warum du das gerade jetzt auf dich nehmen möchtest, muss sie ja nicht unbedingt wissen. Noch eine wichtige Frage liegt mir am Herzen. Katarina. Du hast bei der Ankunft hier im Krankenhaus, ein beträchtliches Vermögen in die Kasse unseres Krankenhauses eingebracht. Damit meine ich dein Hochzeitsgeschenk von deinem verstorbenen Verlobten Freiherr Ferdinand vom Rothenanger. Ich habe vor geraumer Zeit, als das Geld hier im Krankenhaus knapp wurde, diesen Schmuck bei dem mir gut bekannten jüdischen Kaufmann und Apotheker Mirdon Askiran in Mylau gegen Florentinische Goldmünzen eingetauscht. Ich muß mir bei ihm keine Sorgen darüber machen, ob ich möglicherweise bei so einem Tausch von ihm benachteiligt werde könnte. Wir pflegen zueinander ein gutes Vertrauensverhältnis. Allein die unerlaubten Schmerzmittel, die ich von ihm heimlich bekomme, wären ohne einem gegenseitigen Vertrauen nicht zu haben. Wir riskieren bei diesem Handel unser Leben. „Wieder zurück zu meiner Frage, lieb Katarina. Möchtest du den Anteil deines Geldes mitnehmen? Wenn du von hier weggehst und uns verlassen musst, brauchst du einen soliden finanziellen Rückhalt." „Danke Mertlin! Das von mir eingebrachte Geld bleibt in der Kasse des Krankenhauses und wird mit dazu beitragen können, dass eure Arbeit weiter den kranken Menschen helfen wird, das Leben doch etwas leichter ertragen zu können. In meiner Geldbörse habe ich noch genügend Florenti-nische Münzen, um meinen Lebensunterhalt selbst zu meistern. Wie du weißt, ist die gräfliche Familie in Hohenstein nicht klein-lich, wenn es um die Behandlung ihrer Dienerschaft und ihren Arbeitern auf dem Gutshof geht. Ich werde dort genug Geld für meine Tätigkeit erhalten, damit ich vernünftig leben kann. Mach dir darüber keine Sorgen, Mertlin. Wichtig ist für mich ist das Schreiben, das du morgen an die Grafschaft mit einen Boten, schickenden wirst. Das verschafft mir bestimmt einen herzlichen Empfang und die Gewissheit, dass ich nicht ständig vor Angst wie ein wildes Tier gejagt werde. Ich möchte mich ja nicht ständig im Wald verstecken müssen. Wann sollte ich von hier aufbrechen, Mertlin?" „Ich denke, am kommenden Sonntag wird dafür der rich-tige Zeitpunkt sein. Bis dahin bereite mit Sieglinde alles vor und Samstagabend werden wir zusammen in meinem Haus Abschied feiern. Soweit man so ein trauriges Ereignis überhaupt „Feiern" nennen kann. Vielleicht, so hoffe ich wenigstens, wird es nicht für immer sein. Auch eine Gräfin muß mal sterben und spätestens dann dürfte der Spuk zu Ende sein." „Dein Wort in Gottes Ohr, lie-ber Mertlin. Also dann, bis Samstag."

Wenn man sich der Hoffnung zuwendet, sie möge doch die Zeit bis zum Abschied etwas verlangsamen, scheint es so, als bekäme sie Flügel. Sieglinde, Katarina, Schwester Käthe und Mertlin sitzen am gedeckten Tisch und können sich am Duft des guten Essens nicht so richtig erfreuen. Die Stimmung ist gedrückt. Sie wissen nicht, ist es ein Abschied für immer oder sehen sich wieder. Selbst wenn die Trennung längere Zeit dauern sollte, wäre das ein kleines Übel, wenn überhaupt. Es stimmt schon was Mertlin sagte, überlegt Katarina. Auch eine Gräfin lebt nicht ewig, zumal sie bereits in einem betagten Alter ist. Im Volksmund meint man hie und da, dass der Hass die Menschen, die ihn pflegen, das Leben verlängern würde. Im Interesse von Gott kann das eigentlich nicht sein. Er ist doch für die Liebe und Barmherzigkeit. Für das Böse ist ja der Teufel zuständig. Die Krankenpflege, die wir in unserem Hause mit großer Hingabe leisten, sehen nicht alle Geistlichen der christlich katholischen Kirche gern. Die hilfreiche Hinwendung zu kranken und pflegebedürftigen Männern, Frauen und Kindern und das Bemühen, die Schmerzen der Betroffenen wenigstens etwas zu lindern, bedürfe der ausdrücklichen Zustimmung Gottes. Wir Pflegerinnen, die wir täglich das Leid der davon Betroffenen versuchen zu lindern, haben dazu natürlich eine völlig andere Meinung. Für das, was wir tun, fragen wir einen Gott nicht um Erlaubnis. Eine Antwort würde man sowieso nicht erhalten. Wie auch? Das übernehmen die Priester. Was für eine Welt? Gern, so denkt Katarina, würde sie einmal, weit in die Zukunft, einen Blick auf die Erde werfen wollen, um zu sehen, was und wie sich die Menschen, eingebunden in ihrer Umwelt, vielleicht in ihrem gesamten Denken und Verhalten ändern wollen. Verändern sie dieses unwürdige menschliche Leben zum Besseren, oder herrscht die grenzenlose Gewalt geschürt von der Dummheit so weiter.

Der zart klingende Ton eines Weinglases erfüllt leise das Esszimmer. Mertlin hebt sein Glas und meint - „Die zurückliegenden Jahre waren für uns alle nicht leicht. Wirklich nicht! Kriegsgetümmel und erbarmungslose Gewalt haben uns oft das Leben erschwert und liebgewonnene Menschen wurden grausam umgebracht. Sollte dieser christliche Gott im Himmel wirklich gerecht sein und angeblich soll er es ja sein, müsste für uns Menschen eine friedliche und angstfreie Zeit beginnen. „Dir, liebe Katarina, wünschen wir, dass du von den Fängen der Gräfin von Witzlach und ihren Schergen verschont bleibst und in Liebe deiner eigentlichen Aufgaben nachgehen kannst. Sollte die Zeit dafür kommen, wird es uns allen hier im Krankenhaus eine Erleichterung und eine große Freude sein, dich wieder in die Arme nehmen zu können. Bleib gesund und sei achtsam, damit du keinen Schaden nimmst. Der Familie Graf und Gräfin zu Hohenstein überbringe bitte unsere besten Grüße aus und unsere Dankbarkeit dafür, dass sie dir in dieser schweren Zeit helfen werden, sie gesund zu überstehen. Darauf erhebe ich mein Glas.

So und jetzt Schluss damit. Meine liebe Frau hat sich mit dem Essen viel Mühe gegeben. Wir sollten es genießen. Vielleicht fördert es in unserem Kopf angenehmere Gedanken." „Danke Mertlin, ihr macht mir den Abschied wirklich nicht leicht. Ich hoffe mit ganzer Kraft, dass es ein Abschied nur für kurze Zeit sein wird und wir uns möglichst bald wiedersehen werden. Jetzt wird gegessen und so wie das duftet, werde ich nicht so schnell damit aufhören.

Es ist spät geworden und die kleine Runde ist satt vom vielem guten Essen. Der Magen ist beschäftigt und das alles soll ja auch noch verdaut werden. Kurz gesagt, in diesem Zustand sehnt sich der Körper nach Ruhe. Sieglinde ist bereits damit beschäftigt, das Geschirr abzuräumen, abzuwaschen und einzuräumen wo es hingehört. Mit einem ganz eigenartigen Blick in ihren Augen schaut sie Mertlin an und meint mit sanfter Stimme - hörst du auch so wundersame Geräusche hier in meiner Nähe?" „Entschuldige, Sieglinde, ich höre nichts! Vermutlich lässt im Alter das gute Hören nach." „Wenn es nur das Hören sein sollte, mein lieber Mertlin, ist das für mich kein großes Problem, dann spreche ich halt etwas lauter mit dir." Ein kurzer Blick in ihre Augen und er weiß, woher die Geräusche kommen könnten. „Kann es sein, meine liebe Sieglinde, dass deine Schmetterlinge vom vielen Essen keinen Platz in deinem Bauch finden?" „Das glaube ich nicht, mein Schatz! Ich denke eher, dass der Hunger sie anregt sich bemerkbar zu machen. Na, da sollten wir sie nicht unnötig warten lassen!" „Ein sehr guter Gedanke, mein Liebling. Bitte treibe es nicht so toll mit meinen Schmetterlingen, ich muß morgen in der Früh sehr zeitig aus den Federn." Während sich Mertlin bereits auf einem stabilen Hocker in eine passende Position bringt, um Sieglindes Schmetterlinge zu verwöhnen, greift sie unter ihren Rock, zieht schnell ihren Schlüpfer aus und schwingt sich auf die Oberschenkel von Mertlin. Nanu, deine Hose ist ja noch zu!" „Das stimmt! Ich weiß, dass du zwei zarte, flinke Hände hast. Ich denke, sie werden schon wissen, was sie tun.

Die Nacht ist zu Ende, und der Morgen zeigt bereits sein lachendes Gesicht. Sieglinde, noch leicht geschwächt von der anstrengenden Liebesnacht, stellt alle Taschen, die Katarina mitnehmen soll vor die Haustür, setzt sich auf die Bank und wartet auf Katarina. Die Wachmänner, die sie sicher nach Hohenstein begleiten sollen, stehen mit ihren Pferden in der Nähe das Hauses und beladen die beiden Packpferde mit den bereitgestellten Taschen. Ein gesatteltes Pferd für Katarina steht ebenfalls bei der Gruppe der Wachleute. Wer fehlt ist Katarina. Sicherlich fällt ihr der Abschied sehr schwer, aber - es muss sein! Einen anderen Weg gibt es nicht.

Sieglinde will schon zum Krankenhaus laufen, als sie Katarina mit einer kleinen Reisetasche aus der Tür kommen sieht. Es ist so weit, denkt Sieglinde traurig. Katarina wird uns verlassen müssen. Ich hoffe, denkt sie bedrückt, und dabei wollen die Tränen kein Ende nehmen. Ich hoffe, wir sehen sie bald gesund wieder. An Katarinas verweintem Gesicht kann man leicht erkennen, was sie denkt und wie sich fühlt. Ein letzte Umarmung und ein Kuss und Minuten später reitet die kleine Gruppe vom Schlosshof. Ich bin sicher, denkt Sieglinde, alle Augen sind auf Katarina gerichtet und die Hände finden sicherlich nicht so schnell Ruhe beim Zuwinken, so lange sie noch zu sehen ist.

Am ersten Tag ihrer Reise erreichen sie am Abend den Gasthof zur Post in Auerbach. Die Nacht sollte man lieber in einem festen Haus verbringen. Das ist sicherer. Außerdem ist ein langer Ritt zu Pferd, wie von Chrieschwitz nach Auerbach, auch ziemlich anstrengend. Jedenfalls dann, wenn das selten vorkommt. Nach dem Frühstück geht es, mit guten Wünschen des Wirtes, weiter in Richtung Aue, und von dort nach Hohenstein sind es noch zwei Tagesritte. Falls es nicht regnen sollte oder ein schweres Unwetter aufziehen sollte. Das ist nicht nur unangenehm, sondern auch gefährlich. Müde von der weiten Reise zu Pferd erreichen sie am späten Nachmittag des fünften Tages den Schlosshof der Grafschaft von Hohenstein zu Hoheneck. Minuten später herrscht vor dem Schlosseingang emsiges Treiben. Nicht jeden Tag kommen so viele berittener Menschen im Schloss an. Da einige Männer und Frauen der Dienerschaft Katarina noch gut in Erinnerung haben, ist die Begrüßung formlos und sehr herzlich. Vermutlich neugierig geworden, was sich so plötzlich auf seinem Schlosshof abspielt, eilt der Graf, zwei Stufen der großen Freitreppe mit einem Mal nehmend, auf die Gruppe zu. Er hat zwar schon so eine hoffnungsvolle Ahnung, weil ein berittener Bote vom Krankenhaus Chrieschwitz ihm die Nachricht brachte, dass die Krankenschwester Katarina in den kommenden Tagen im Schloss eintreffen würde. Allerdings ist eine Vorahnung ja noch lange keine Gewissheit dafür, dass sie sich auch erfüllen würde. Keine vier Meter von ihm entfernt steigt Katarina gerade etwas schwerfällig vom Pferd und läuft auf ihn zu.

Für Katarina völlig unerwartet, nimmt er sie in die Arme, drückt sie herzhaft und fragt sie sofort, ob sie zu einem Kurzbesuch kommen würde oder ob sie hoffentlich etwas länger im Schloss bleiben könnte. Der Krankenstand sei durch die Einbringung der Ernte und durch die laufende Feldarbeit ziemlich hoch. So eine erfahrene Krankenschwester wie sie, wäre doch ein wahrer Segen. „Danke Herr Graf! Ich würde gern für zwei bis drei Monate bleiben. Den Grund dafür möchte ich gern mit ihnen und ihrer Frau heute Abend besprechen. So sie einverstanden sind."

Das strahlende Gesicht des Grafen spricht Bände. Ein kurzes aber kräftiges Klatschen mit seinen Händen und alle Augen und Ohren sind auf den Mund des Grafen gerichtet. Bitte sorgt dafür, dass die Männer ausreichend zu Essen bekommen, sich baden können und in Ruhe schlafen werden. Die Pferde bringt ihr in den Stall und versorgt sie mit Futter und frischem Wasser. Zu Katarina gewandt! „Dein Behandlungsraum ist noch so eingerichte wie du ihn verlassen hast. Nimm ein Bad, zieh dich um und danach kommst du bitte in unser Kaminzimmer zum Essen. Anschließend werden ich und mein Frau dir aufmerksam zuhören." „Danke Herr Graf, ich werde mich beeilen." Während der Graf wieder ins Haus eilt, nimmt sie ihre kleine Reisetasche vom Boden auf und bittet zwei Diener des Hauses ihre Taschen vom Pferd zu nehmen und sie in den Behandlungsraum zu bringen. Beim Auspacken möchte ich bitte morgen Früh jemand helfen.

Langsam lehrt sich der Hof und Katarina läuft mit müden Beinen zum Krankenzimmer, neugierig was sich wohl verändern haben könnte. Beim Öffnen der Türe ist sie überrascht. Alles ist blitzsauber und die Einrichtung ist so, wie sie sie in Erinnerung hat. Auch ihr Bett ist bereit für die Nacht. Zwei Diener bringen ihre Taschen ins Zimmer und fragen, ob sie ihr beim Auspacken behilflich sein können. Mit einem Danke verneint sie ihr Anliegen und meint, dass sie das auch allein schaffen wird. Sie verabschiedet sich und wünscht ihnen eine gute Nacht. Wenn mein Zimmer schon so ist, wie ich es verlassen habe, müsste eigentlich der Baderaum auch noch dort sein, wor er war. Bepackt mit einer Garnitur frischer Wäsche freut sie sich auf die nächste halbe Stunde. So ein Bad im warmen Wasser ist nur schwer mit anderen Freuden zu ersetzen. Es ist wunderbar entspannend für den strapazierten Körper und Herz und Seele fühlen sich dabei auch wohl. Ein herbeieilendes Hausmädchen hilft ihr beim Ausziehen und schrubbt ihr danach sanft den Rücken. Ein knappe Stunde später steht sie im Kaminzimmer und schaut in zwei Gesichter, die nur Freude und Liebe ausdrücken. Wie sollte es auch anders sein. Mit Katarina verbinden sie nur sehr angenehme und liebenswerte Erinnerungen. Woher sollten sie auch wissen können, welche Sorgen und Nöte Katarina belasten.

„Bitte Katarina, setzt dich zu uns und greif zu." „Danke, Herr Graf, mein Magen wird sich darüber freuen. Hm, das muß man dem Koch lassen – es ist einfach lecker und macht nicht dick. Katarina ist ja nicht ausgehungert und nach einer guten halben Stunde schiebt sie den leeren Teller zur Seite und schaut beide mit ernst gewordenem Gesichtsausdruck an. Der Graf und die Gräfin erkennen sofort die Veränderung ihres Verhaltens und ahnen schon, dass der Abend lang werden wird. Sie Herr Graf und auch sie Frau Gräfin erinnern sich bestimmt noch an die Erlebnisse meiner Reise von Weimar hier zu ihnen nach Hohenstein?" „Das tun wir, Katarina. Sie waren ja für dich schrecklich genug. Zu Anfang unserer gemeinsamen Unterhaltung möchten wir dir, liebe Katarina, das gemeinsame „Du" anbieten. Du bist fest in unseren Herzen und da passt das „Sie" und der Herr Graf und die Frau Gräfin nicht dazu." Wenn ich das so darf, dann bedanke ich mich sehr dafür." „Sag mal, Katarina, was hat die damalige Reise zu uns mit unserem jetzigen Wieder-sehen zu tun?" „Es ist eine lange Geschichte und sie ist sehr unangenehm, jedenfalls für mich" „Gut, Katarina, erzähl uns alles, und wir werden uns gemeinsam überlegen, wie wir dir helfen können."

Meine Erlebnisse in der Reisekutsche der Gräfin von Witzlach habt ihr sicherlich noch in guter Erinnerung. Grausam genug waren sie ja. Ich hatte damit eigentlich abgeschlossen und die Arbeit hier im Schloss als auch meine Tätigkeit als Krankenschwerster im Krankenhaus Chrieschwitz halfen mir darüber nicht mehr nachdenken zu müssen. Leider war das von mir zu kurz gedacht. Das Elend, was die Gräfin von Witzlach und ihre Enkeltochter Magdalehne von Witzlach mit aller Härte traf, entfachte einen unglaublichen Hass, der nach einem Schuldigen schrie. Aus Sicht der Gräfin war der schnell gefunden. Die mitreisende Krankenschwester Katarina war schuld daran, dass ihre Enkeltochter Magdalehne von Witzlach den Freiherrn Ferdinand vom Rothenanger nicht heiraten konnte, weil der sich in die Hexe Katarina verliebt und sich mit ihr auch noch öffentlich verlobte. Zu allem Unglück starb Ferdinand, mein Verlobter, an einer unheilbaren Lungenkrankheit. Und wer war schuld daran? Natürlich ich, seine Krankenschwester mit Namen Katarina. Ihre Enkeltochter, Magdalehne von Witzlach, lebt seit diesem Überfall durch eine marodierende Soldatenbande separat in einem Wohnbereich ihres Schlosses. Sie ist durch den grausamen Gewaltakt der Soldaten körperlich als auch geistig behindert und kann, so wurde mir gesagt, die Tage und Nächte nur mit starken Schmerzmitteln ertragen. Die Gräfin von Witzlach, ihre Großmutter zerfrisst der Hass. Das Einzige was sie wohl noch aufrecht gehen lässt, ist Rache. „Sicherlich werdet ihr wissen wollen, woher ich das alles weiß." „Die Frage bewegt mich wirklich, Katarina. Hast du noch irgendwelche Kontakte zu dieser Familie?" „Nein, Johannes, und entschuldige bitte! Ich muss mich schon wundern, wie leicht mir dein Name von den Lippen rutscht. Irgendwie denkt mein Kopf noch an den Graf." „Lass dich davon nicht beeinflussen, Katarina, wir bleiben beim Du und unseren Namen." „Danke Johannes und auch dir Gerlinde danke ich dafür." „Keine Ursache, Katarina! Lass dich bitte nicht aufhalten! Das, was du uns eben sagtest, macht mich mehr als nur neugierig. Also gut, zurück zu deiner Frage, Johannes."

Die Gräfin von Witzlach erfuhr über ihre Mittelsmänner meinen Aufenthalt im Krankenhaus Chrieschwitz. Vor einigen Wochen wurde uns ein junger Mann mit einer Schnittwunde am Oberschenkel gebracht, um den wir uns natürlich bemühten, ihn wieder gesund zu pflegen. Ein eigenartiges Gefühl in meinem Bauch sagte mir, dass an dem Mann etwas nicht stimmt. Es lag an seinem eigenartigen Verhalten, das nicht mit seinem Zustand zu vereinbaren war. Es passte irgendwie nicht vernünftig zusammen.

Vorsichtshalber wurde nicht ich für seine Pflege vorgesehen, sondern eine andere Krankenschwester mit gleichem Namen wie ich, die sich bereit erklärte die Pflege zu übernehmen. Nachdem die Wunde genäht und die Fäden nach einer Woche entfernt wurden, war die Wunde bei guter Pflege nicht mehr in Gefahr, sich zu entzünden. Mein Bauchgefühl täuschte sich nicht! Bei einer für ihn passenden Gelegenheit war er kurz davor, die Krankenschwester, während sie den Verband an seinem Oberschenkel wechselte, mit einem Dolch hinterhältig zu töten. Die lauten Hilfeschreie alarmierten Mertlin, unseren Baderchirurg, der diesen Schurken kurzerhand bewusstlos schlug und so Schlimmeres verhüten konnte.

Um es kurz zu machen! Dieser „verletzte" Mann ist der Enkelsohn der Gräfin zu Witzlach und hatte von ihr den Auftrag mich zu töten. Die ganzen Umstände und Zusammenhänge, was der Zweck seines vorgetäuschten Aufenthaltes bei uns im Krankenhaus sein sollte, erfuhren wir von ihm. Natürlich erzählte ich Luitpold, den Grafen von Witzlach die Wahrheit über das, was sich tatsächlich bei dem Überfall auf die Kutsche der Gräfin von Witzlach ereignete und wie ich darin verwickelt war. Ich verschwieg auch nicht, dass die Frau Gräfin von Witzlach und ihre Enkeltochter Magdalehne von Witzlach ohne mein sofortiges Handeln im Straßengraben sehr schmerzhaft und auf eine elendliche Weise ihr Leben verloren hätten. Ich bin ja kein Mann und für mich als Frau war das alles mehr als ungewohnt und anstrengend. Und ungefährlich war es auch nicht. Schließlich hätte die Bande ja auch wieder zurückkommen können. Was dann?

Für uns alle war es ein Glück, dass sie die Zugpferde der Kutsche nicht mitgenommen haben. Vermutlich deshalb, weil Zugpferde angeblich schlechte Reitpferde sein sollen. Ich kann das nur vermuten, genau weiß ich das nicht. Damit hatte ich die Möglichkeit, schnellstens von dem Ort des Grauen zu verschwinden um in der nächsten Ortschaft Schutz und medizinische Hilfe für die schwerverletzten beiden Frauen zu finden. Was die Fahrt mit der Kutsche in die nächste Ortschaft betrifft, bin ich mir ziemlich sicher, dass nicht nur ein Schutzengel über uns wachte. So eine Kutsche zu lenken ist schwieriger als man vielleicht vermuten mag. Die Pferde spüren von wem sie geleitet und geführt werden sehr genau, und verhalten sich dementsprechend so. Sie folgen den bekannten Kommandos und Zügelbewegungen des Kutschers brav. Was verstand ich schon als Frau von solchen wichtigen Handlungen ei-nes Kutschers. Klar ist auch, dass Pferde sehr wohl wussten, wer sie an der Leine hatte. Der Mann, der bisher auf dem Kutschbock saß war es nicht. Konnte es auch nicht sein – er wurde ja bei dem Überfall von einem Bandenmitglied mit dem Schwert kurzerhand geköpft. Und so benahmen sich die Pferde auch. Ich war heilfroh, als ich mit der Kutsche vor dem Gasthof im nächsten Ort anhalten konnte und die Pferde auch brav stehen blieben.

Was das Verhältnis von Ferdinand und mir betrifft, hielt ich mit der Wahrheit auch nicht hinter den Berg. Warum auch? Wir verliebten uns ineinander und wollten bis ans Ende unseres Lebens zusammenbleiben. Das wusste auch die Familie von Ferdinand, des Freiherrn vom Rothenanger. Sie waren wohl darüber nicht besonders erfreut, aber sie nahmen den Wunsch von Ferdinand mich, eine Bürgerliche, zu heiraten ernst und gaben ihren Segen dazu. Schließlich war Ferdinand nicht nur ein Freiherr, sondern hatte als Arzt auch einen bürgerlichen Beruf. Ich spreche, über das, was Ferdinand und mich betrifft in der Vergangenheit. Unser gemeinsames Glück wurde je von einem schrecklichen Schicksalsschlag heimgesucht. Ferdinand erkrankte unerwartet an einer unheilbaren Lungenkrankheit. Bei einem Hausbesuch seines Freundes Siegfried, beide kennen sich durch ihre gemeinsame Arbeit an der medizinischen Fakultät der Universität in Weimar schon seit Jahren, wollte Ferdinand von ihm genauer wissen, was seine Lunge so belastet und ihm das Atmen erheblich erschweren würde. Siegfried ist ja nicht nur sein Freund, sondern auch ein guter Arzt.

Bei dieser Untersuchung war ich ebenfalls mit dabei. Vermutlich wollten beide Männer nicht, dass ich möglicherweise unangenehme Dinge über die Krankheit erfahre und darunter sehr leiden würde. Was auch der Grund gewesen sein mag, sie baten mich, doch eine Kanne heißen Salbeitee aus der Küche zu holen. Was sie nicht vermuteten war, dass ich zwar die Tür des Zimmers zu zog, allerdings mein Ohr auf der Flurseite an das Schlüsselloch drückte um zu hören, was ich vielleicht nicht hören sollte.

Siegfried meinte, kaum dass die Türe zu war, dass er sich mit seiner Diagnose, bezüglich seiner Lungenerkrankung, ziemlich sicher ist. Außerdem würde die Untersuchung seiner Lunge kaum einen Zweifel daran lassen. Sie zeige auffällige Anzeichen einer bekannten Lungenkrankheit, wie sie hier bei Weimar nur sehr selten auftreten würde, allerdings im sächsischen Erzgebirge sehr häufig auftritt. Sie nennt sich „Schneeberger Lungenkrankheit" und muß vermutlich etwas mit der Luft, die man in dieser Gegend einatmet, zu tun haben. Die Krankheit kommt dort angeblich schon seit Jahrhunderten sehr häufig vor. Die Menschen, die davon befallen sind, haben ein beängstigend kurzes Leben. Bis heute, so meinte Siegfried, wisse man so gut wie nichts darüber. Auf die Frage von Ferdinand, was ihn so sicher macht, dass er an dieser Krankheit leiden könnte meinte Siegfried etwas leiser - dein rechter Lungenflügel zeigt kaum noch Aktivitäten. Ein untrügliches Indiz dafür, dass die

Lunge bereits in diesem Bereich zerstört wird oder schon ist. Eigentlich müsstest du in diesem Brustbereich Schmerzen verspüren. Auf diese konkrete Frage meinte Ferdinand, dass das stimmen würde. Schließlich riet er Ferdinand noch, er möge mir die Wahrheit über die Krankheit und deren voraussichtlichen Verlauf sagen, Man braucht sie ja nur anzusehen um zu wissen, wie sehr sie dich mag.

Meine Welt mit Ferdinand brach über mir zusammen und drohte mich ins Bodenlose zu stürzen. Ich presste meine beiden Hände auf meinen Mund, damit sie meine Schreie nicht hören konnten. Wie ich in die Küche kam, den Tee aufbereitete und mit der Kanne in das Zimmer von Ferdinand und Siegfried kam, weiß ich nicht mehr. Es war furchtbar.

Wieder zurück zur Gräfin von Witzlach. Ich wüsste nicht, dass Ferdinand je Kontakt mit der Enkeltochter der Gräfin von Witzlach hatte. Ich wüsste bestimmt davon. Zwischen mir und Ferdinand gab es keine Geheimnisse. Das, was ich Luitpold, dem Grafen von Witzlach auch über meine Liebe zu Ferdinand erzählte, als auch die tatsächlichen und grausamen Erlebnisse seiner Großmutter und seiner Cousine in der Kutsche, das alles war so erschütternd für den Enkelsohn der Gräfin, dass er nur noch den Wunsch hatte, den Rest seines Lebens in einem Kloster zu verbringen. Diesen Wunsch konnten wir ihn erfüllen. Was uns nicht gelingen wollte ist, für mich einen ruhigen Platz zu finden, der mich vor der Rache der Gräfin zu Witzlach schützen kann. Alles in allem ist das der Grund hier zu sein, verbunden mit der Hoffnung, dass ich bei euch Hilfe finden kann und mein Leben nicht mehr in Gefahr sein wird. Mir ist durchaus bewusst geworden, dass die Gräfin zu Witzlach zu allem fähig ist. Sie hat das Geld dazu und die Leute, die für Geld alles tun hat sie bestimmt auch an der Hand. Ich bin verzweifelt! Ich hatte auch schon eine Reise nach Amerika ins Auge gefasst. Das Geld dazu habe ich. Aber ganz allein, noch dazu als Frau - ehrlich gesagt, ich getrau mich nicht. Dazu fehlt mir der Mut. Was meinen sie Herr Graf – entschuldige, ich wollte sagen Johannes und auch du Gerlinde?" „Wenn du das nicht sein würdest, die uns das erzählt, könnten wir beide annehmen, uns wird ein grausames Horrormärchen erzählt.

Liebe Katarina, lass mich dazu nicht nur unsere Meinung sagen, meine Frau und ich möchten damit auch zum Ausdruck bringen, dass wir dir helfen werden und zwar so, dass du nicht ständig von der Angst gejagt dich verstecken musst. Um dir wirklich nachhaltig zu helfen, Katarina sollten wir noch ein paar Tage vergehen lassen, um nach guten und praktikablen Lösungen für dich zu suchen Bis dahin kümmere dich bitte um unsere kranken und leicht verletzten Männer, Frauen und Kinder hier bei uns im Schloss, das wird dich bestimmt auf andere Gedanken bringen. Ich werde die Männer unserer Wachmannschaft informieren, damit sie besonders aufmerksam auf dich achten sollen. Ich weiß von dem Kommandanten, dass sie dich sehr verehren. So, jetzt muß uns mein Kammerdiener eine gute Flasche Wein bringen. Der Anlass dafür ist bestens geeignet, den einen oder andren sorgenvollen Gedanken für eine Weile zu vergessen. Mach dir keine Sorgen über einen etwaigen schweren Kopf und die dazu passenden Beine, Katarina, mein Kammerdiener bringt dich sicher ins Bett, Danke Johannes. Ich glaube so ein Glas Wein wird auch meiner Seele gut tun.

So, wie es Johannes andeutete, erreichte sie mit leicht schwankenden Schritten und mit Hilfe des Kammerdieners ihr Zimmer und ließ sich so wie sie war ins Bett fallen. Der Kammerdiener hörte noch ein geflüstertes Danke und verließ leise ihre Kammer. Draußen vor der Tür stand bereits ein Wachsoldat, damit Katarina unbesorgt schlafen kann. Man weiß ja nie, auf welch abstruse Gedanken Menschen kommen können vorallem dann, wenn das liebe Geld mit im Spiel sein sollte.

Mühsam öffnet Katarina ihre Augen und verspürt ein bedrückendes Gefühl in ihrer Blasengegend. Ein Blick aus dem Fenster macht ihr klar, dass nicht der Mond mit seinem blassen Licht sich darin spiegelt, sondern die aufgehende Sonne mit ihren warmen Strahlen bereits auf dem Weg ist, ihre Kraft auszustrahlen. Ach du lieber Gott, denkt sie sorgenvoll, ich habe den Morgen verschlafen und sicher stehen sich die Kranken bereits die Beine in den Bauch.

Schnell eine Katzenwäsche, zu mehr reicht die Zeit nicht, einen sauberen weißen Kittel über das Kleid, noch ein ordnender Griff in die Kopfhaare und damit soll es vorerst gut sein. Über das unordentliche Bett legt sie ein Bettlaken und Minuten später öffnet sie die Türe zum Besucherraum, um den ersten Patienten hereinzulassen. Es ist zu ihrem Erstaunen der Verwalter vom landwirtschaftlichen Bereich des Schlosses, dem sie im vergangenen Jahr das linke Bein unterhalb vom Knie amputieren musste, um Schlimmeres zu verhindern. Er kam bei dem Versuch, einen schweren Wagen gemeinsam mit seinen Männern vom Weg zu fahren, versehentlich unter mit dem Bein unter ein Wagenrad. Dabei wurde sein Unterschenkel so schwer verletzt, dass an eine Heilung nicht zu denken war. Die Amputation des Beines blieb aus meiner Sicht die einzige Möglichkeit, um sein Leben zu retten. Bei solch schlimmen Verletzungen bleibt meistens ein Wundbrand nicht aus, und das bedeutete in der Regel für den Betroffenen den Tod.

Ein strahlendes Gesicht lächelt ihr bei der herzlichen Begrüßung entgegen und sagt ihr, dass es mit seinem amputierten Bein vermutlich keine ernsten gesundheitlichen Probleme gibt. Nein, gibt es auch nicht. Er wollte ihr nur die Beinprothese zeigen, die seine Mitarbeiter aus der Sattlerei des Gutes extra aus weichem Leder und Holz anfertigten, um ihm das Laufen zu erleichtern. Kurzentschlossen zieht er seine Hose aus und zeigt ihr die Prothese an seinem Bein. Behutsam löst sie Katarina von seinem Oberschenkel, um feststellen zu können, ob der gesunde Teil des Beines an der amputierten Stelle gut verheilt ist und auch sonst keine ungewöhnlichen Druckstellen zu sehen sind. Eine Laufprothese ist ja nicht gleich eine Laufprothese. Da kommt es zunächst darauf an, über welche handwerklichen Erfahrungen und Fertigkeiten der verfügt, der sie herstellen soll und auf den Inhalt des Geldbeutels von dem Mann, der sie braucht. Eine Arm – oder eine Beinprothese kann sehr nützlich sein, aber auch beträchtlichen Schaden am gesunden Gewebe des Beines verursachen, die zu schlimmen Entzündungen führen können.

Von einer erfahrenen Schwester während ihres Klosteraufenthaltes erfuhr sie einiges über Prothesen. Die ersten einfachen Prothesen als Beinersatz soll es angeblich schon vor Christi Geburt in Ägypten gegeben haben. Dort bezeichnete man so einen Gehilfen als Holzfuß oder auch als Stelzfuß. Bei den vielen Kriegen, die ständig geführt werden, kommt es halt immer öfters vor, dass den kriegslüsternen Männern die Beine oder Arme abgeschossen oder mit Schwertern unsanft vom Körper getrennt werden. Gott sei Dank haben findige Handwerker einen Ersatz dafür geschaffen. Na, so muß Katarina denken, ein Ersatz ist es eigentlich nicht, eher so eine Art Notbehelf. So ist halt die Welt. Die einen fertigen Schwerter, damit tapferen Kriegern die Beine und Arme abgeschlagen werden und dann gibt es wieder Männer, die als Ersatz für die verlorenen Gliedmaßen einen Notbehelf basteln. Beide Handwerker verdienen dabei prima Geld und ungefährlich ist es auch. Ein Krieg, bei dem kein Geld zu verdient wäre ist eben kein Krieg. Gut, Krieger braucht man natürlich, aber das organisiert bestimmt der Allmächtige im Himmel. Sollte er das vielleicht für nicht so gut finden, übernehmen das seine Diener in der christlichen Kirche. Die verstehn erstens etwas von einer lukrativen Kriegsführung und zweitens verstehen sie eine Menge von Geld. Außerdem, überlegt Katarina, dass das auch Bereiche im menschlichen Verhalten sind, von denen der Herr im Himmel nicht die geringste Ahnung hat.

Mein Gott, denkt Katarina, ich grüble hier über Gott und die Welt nach, während der Verwalter sicher darauf wartet, was ich zu seiner Prothese meine. So viel kann sie ihm jetzt schon sagen, die Prothese ist gut angepasst und Schürfwunden, die ihm gefährlich werden könnten, sind nicht zu sehen. Von Johannes dem Herrn Grafen, hatte sie bereits erfahren, dass er seine körperliche Arbeit einem Jüngeren überließ und er sich mehr den kaufmännischen Arbeiten und dem Handel mit den Feldfrüchten beschäftigte. In seine Familie wäre er sehr gut eingebunden und alle bemühen sich, damit er die Freude am Leben nicht verlieren könnte. Und das, so muß Katarina denken, sieht man diesem Mann zweifelsohne an. Kurz erklärt sie ihm, dass er sich um das Bein mit der Prothese keine Sorgen machen müsse. Was nicht heißen soll, dass er nicht achtsam sein soll, damit es nicht zu Verletzungen kommen kann. Mit einem frischgebackenem Kuchen in der Hand und mit dem Hinweis, dass seine Frau die beste Kuchenbäckerin am Gutshof sei, übergibt er ihr den Kuchen, bedankt sich bei ihr und hofft, dass sie möglichst noch lang hier im Schloss für sie sorgen wird. So vergehen die Wochen und der Sommer zeigt schon erste Anzeichen dafür, dass er sich zum Winterschlaf zurückziehen möchte, damit der Herbst seine wunderbaren Farben in der Natur zeigen kann.

Anders als sonst bei ihren abendlichen Gesprächen sieht Katarina an diesem Abend in zwei sehr ernste Gesichter. Sowohl das von Gerlinde, der Gräfin, als auch das von Johannes dem Graf. Beide sind besorgt und das sieht man ihnen auch sehr deutlich an. „Bitte, Katarina, setz dich zu uns, wir müssen ein sehr ernstes Problem miteinander besprechen. Heute Mittag erhielt ich von einem berittenen Boten des Bischofs von Plauen ein Schreiben, in dem er mir mittelte, dass sich eine Abtrünnige und Gotteslästerin mit Namen Katarina angeblich hier bei uns aufhalten würde, um weiter ihr gottloses und schändliches Tun gegen Gott und seine Gebote zu treiben. Dank seiner göttlichen Befugnis werde ich ermächtigt, dich vorsorglich in einem geschlossenem Raum so lange zu arretieren, bis ein Soldatentrupp von ihm dich abholen würde, um dich einer gerechten Strafe durch ein reinigendes Feuer auf einem Scheiterhaufen zuzuführen. Heute Nachmittag schickte ich den Soldaten mit einem Antwortschreiben zurück und teilte dem Bischof darin mit, du seiest schon vor einer guten Woche zu Verwandten nach Schwarzenberg im Erzgebirge aufgebrochen. Er möchte sich doch dahin wenden, um dingfest zu machen. Ich bin mir allerdings ziemlich sicher, dass er einen Soldatentrupp schickt, der hier bei uns nachsehen soll, ob das auch stimmen sollte. Das heißt, wir haben nicht mehr als ein bis maximal zwei Wochen Zeit uns zu überlegen, was wir für deine Sicherheit tun können, damit dein Leben nicht gefährdet wird. Es ist möglicherweise nicht der Bischof der so einen Druck ausübt, ich vermute, dass es die Gräfin von Witzlach ist, die dich unbedingt in die Hände bekommen möchte."

„Ja gut, Johannes! Was ich nicht verstehen kann ist, woher der Bischof von Plauen die Befugnis nimmt etwas anzuordnen, was ihm rechtlich vermutlich gar nicht zukommt. Du hast eine Grafschaft, und da hat ein Bischof kein Recht einfach so herum zu kommandieren wie er gerade lustig ist, oder als sei er Gott persönlich. Wobei der sowas ja nicht macht, wie sollte er das auch?" „Das mag ja so sein, Katarina. Sollte er sich allerdings mit der Preußischen Armee anlegen wollen, und die steht mir bei, bekäme er eins auf seinen Bischofshut und zwar kräftig. Vielleicht ist er der Meinung, mit Gott im Rücken kann er sich alles erlauben. Katarina, diese Leute, also solche wie der Bischof von Plauen, sind krank vor Hunger nach Macht. Und damit sie das auch möglichst verwirklichen können, schuf sich das Christentum vor sehr langer Zeit eine so genannte göttliche Figur in einem so genannten göttlichen Himmel, der ihnen dabei hilft, das auch zu erreichen. Im Christentum soll man glauben und nicht wissen wollen. Deshalb bemüht sich das Christentum mit großem Nachdruck die Masse der Menschen unwissend zu halten und sie in ihrem dummen Verhalten zu stärken. Dafür braucht man einen Gott. Wenn du solchen Wichtigmachern, wie den Bischoff diese göttliche Figur wegnimmst, sind sie nicht mehr als ein Hanswurst, der sich marktschreierisch wichtig machen möchte aber nicht kann, weil ihn die einfachen Menschen auslachen und nicht ernst nehmen. Ich bin mir ziemlich sicher, liebe Katarina, dass bald die Zeit dafür kommen wird, wo solche göttliche Figuren samt ihrem göttlichen Himmel und die Hölle des Teufels wieder dorthin verschwinden, wo man sie vor sehr langer Zeit herholte – aus einer Schublade. Aber gut, das hilft uns jetzt nicht weiter. Du musst schnellstens von hier weg und ich habe dafür auch einen Vorschlag. Hör zu und sage mir danach, was du davon hälst.

Du kennst ja bereits die Universität von Weimar, konkret meine ich die dortige medizinische Fakultät. Mit dem Direktor dieser Fakultät ist die Familie von Gerlinde verwandt und wir haben nicht nur ständig Kontakte zu ihr, wir pflegen auch ein gutes verwandtschaftliches Verhältnis zueinander. Ich bin mir sicher, dass er, ich meine damit natürlich den Direktor dieser Fakultät, für dich einen sicheren Platz im Haus finden wird und du in Ruhe deiner Arbeit nachgehen kannst. Sicherlich wirst du denken, wieso ausgerechnet Weimar, am Wohnsitz dieser Gräfin zu Witzlach. Eigentlich ist das eine alte Kriegslist. Kein Mensch kommt auf den Gedanken, dass sich der, den man dringend sucht, sich ausgerechnet in der Höhle des Löwen aufhalten würde. So nennt man das, wenn man in die unmittelbare Nähe der Leute zieht, die einen jagen. Was meinst du dazu?" „Entschuldige bitte, Johannes, in Kriegslisten kenne ich mich nicht so aus, aber ich denke, dass du weißt, was du mir sagst. Angenommen ich wäre damit einverstanden. Wie komme ich bitte, ohne besondere Aufmerksamkeit zu erregen, dorthin?" „Das ist auch wieder so eine kleine List. Du kommst nicht auf heimlichen Schleichwegen und großen Umwegen nach Weimar, sondern du nimmst eine offizielle Reisekutsche unserer Zeit, die jeder normale Bürger unseres Landes für seine Reisen durch Deutschland benutzen würde. Soviel ich weiß, gibt es eine direkte Verbindung von

Chemnitz nach Erfurt und von dort kommst du mit einer Reise-kutsche direkt nach Weimar. Da du einige Taschen bei dir hast, wird es besser sein, du nimmst dort eine städtische Kutsche und lässt dich zum Gebäude der Fakultät fahren. Ich gebe dir ein Schreiben für unseren Verwandten mit, damit er sich sofort um dich sorgen wird. Na, was meinst du dazu?" „Was soll ich dazu sagen? Ich werde mich hüten, allein als Krankenschwester durch die Dörfer zu reiten, um den kranken Menschen zu helfen. Das wird sich herumsprechen. Vermutlich dauert es nur eine kurze Zeit und der Bischof hat mich da, wo er mich haben will. Ich nehme deinen Vorschlag an, Johannes. Wann reise ich ab?" „Ich brauche noch ein paar Informationen für die Reise, damit du heil in Weimar ankommst. Übermorgen, vor Sonnenaufgang, reitest du, beschützt von unseren Wachmännern, zur Sammelstelle für Postkutschen in der Stadtmitte von Chemnitz. An der Sammelstelle in der Innenstadt von Erfurt erklären sie dir, wie und wann die nächste Pferdedroschke nach Weimar fährt. Hast du ausreichend Geld in deiner Börse?" „Danke, Johannes, ich habe eine gut gefüllte Börse." Sehr gut, dann achte gut auf sie. Man kann sie schnell und auf eine sehr unangenehme Art und Weise loswerden, ohne dass man das zulassen will." „Ich weiß, Johannes."

So, für heute ist Schluss damit! Abschied feiern wir morgen Abend. An Mertlin schicke ich einen Boten und werde ihn in einem Schreiben darüber informieren, was zwischenzeitlich vorgefallen ist und du, der Not gehorchend nach Weimar reisen wirst. Also, Katarina, lass den Kopf nicht hängen und schau nach vorn. Die Gräfin zu Witzlach ist alt und wird ja nicht ewig leben. Spätesten dann ist der vom Hass erfüllte Spuk vorbei, so dass du wieder bei uns leben und arbeiten kannst. Gerlinde und ich wünschen uns, dass das möglichst nicht mehr lange dauern mag. Bei diesen Worten fällt ihm ein Sprichwort ein:

„Die Zukunft hat viele Gesichter. Welches sich uns zuwendet fühlen wir dann, wenn es uns berührt".

Der Morgen der Abreise verspricht einen schönen, sonnigen Tag. Gerlinde und Johannes nehmen Katarina fest in die Arme und wünschen ihr eine möglichst unbeschwerliche Reise und das sie wohlbehalten in Weimar ankommen möge.

Katarina fällt das Abschied nehmen von Johannes und Gerlinde sehr schwer. Das hört und sieht man. Sie hat beide fest in ihrem Herzen und sie weiß nicht, ob sie sich je wiedersehen werden. Die verweinten Gesichter der beiden Frauen sprechen ihre eigene Sprache. Auch Johannes kämpft mit den Tränen, fühlt er doch, dass das Weiodersehen mit Katarina von vielen Fragezeichen gezeichnet sein wird.

Es ist soweit! Sie müssen los, die Postkutsche wartet nicht. Eine letzte Umarmung und Tränen fließen als Katarina aufs Pferd steigt und mit den Wachmännern langsam vom Hof reitet. Lange sieht man die Hände von Johannes und die von Gerlindes der kleinen Reiterschar nachwinken, bevor sie in einem Waldweg einbiegen und nicht mehr zu sehen sind.

Die Flucht nach Weimar

Man reist ja nicht nur des Reisens wegen, sondern um dort sicher anzukommen wohin man möchte.

Dietmar Dressel

Die vier Tagesritte bis Chemnitz verspürt Katarina zwar schmerzhaft in und an ihrem Körper, ihre Gedanken nehmen davon kaum etwas wahr. Der Abschiedsschmerz lässt sich bei solchen Reisestrapatzen nicht einfach so verdrängen. Die Nächte verbrachten sie gemeinsam im Gasthof einer größeren Ortschaft, um sich von den Anstrengungen der Reise auszuruhen, sich waschen zu können und auch für das leibliche Wohl zu sorgen. Außerdem ist man innerhalb dicken Gasthofmauern vor Räubern und sonstigem gefährlichen Gesindel sicherer untergebracht.

Katarinas sorgenvolle Gedanken sind in die Zukunft gerichtet und ob die Reise nach Weimar, direkt in die Höhle des Löwen, wie sie Johannes nannte, die richtige und vorallem auch sicher sein soll, dass nagt doch sehr an ihren Gefühlen.

Der Ruf eines Wachsoldaten aus der Begleitmannschaft schreckt Katarina aus ihren Gedanken. Sie halten am Südtor von Chemnitz und müssen, so wie alle ankommenden Reisenden, die in die Stadt wollen, ihre Hieb- und Schusswaffen abgeben und einen Stadtzoll bezahlen. Die Männer, Frauen und Kinder sitzen meist wartend auf Pferdekarren, Mauleseln oder Pferden. Einige stehen in Gruppen schwatzend geduldig am Straßenrand und hoffen, dass sie möglichst noch vor Einbruch der Dunkelheit hinter den Mauern der Stadt in Sicherheit sein werden. Wer es bis dahin nicht geschafft hat in die Stadt zu kommen, muß über Nacht im Freien, also außerhalb der Stadtmauern übernachten. Endlich ist die Warterei zu Ende und sie können sich auf den Weg zum Sammelpunkt der

Postkutschen aufraffen. Auch das geht an Katarina mehr oder weniger an ihrem sonst so wachsamen Bewusstsein vorbei. Was ihr unangenehm in die Nase steigt, ist ein ekelhafter Gestank, der für die Stadtbewohner schon zur Gewohnheit geworden ist, für die Menschen vom Land doch mehr als nur lästig ist. Die Straßen sind bedeckt mit Abfällen aller Art, Straßenschlamm und den Fäkalien der Bewohner, die in den meisten Fällen von ihnen aus den Fenstern und Türen auf die Straße gekippt werden. Wenn man Pech hatte, konnte man davon ohne Vorwarnung eine volle Ladung abbekommen. So man zur falschen Zeit am falschen Ort war. Eine Bestrafung der Schuldigen war so gut wie unmöglich. Schließlich machte das fast jeder und eine andere Möglichkeit der Entsorgung gab es sowieso nicht. Jedenfalls nicht in Chemnitz. Der Geruch in einem Schweinestall bei Bauern im Dorf, oder in den Gutshöfen ist auch nicht angenehm. Allerdings musste man ihn nur beim Füttern und bei der Stallreinigung ertragen. Was solls, überlegt Katarina, ich muß ja hier nicht wohnen bleiben.

Nach gut zwei Stunden hat die kleine Reitertruppe die Poststelle erreicht und Hans, der Verantwortliche von ihnen, begleitet sie in das Gebäude, um die Reiseformalitäten nach Erfurt einvernehmlich zu regeln. Nach Auskunft des Kassierers ist die Postkutsche in Richtung Erfurt bereits vor drei Stunden abgefahren. Für morgen Früh wäre noch ein Platz in der Kutsche frei und das Gepäck hätte auf dem Dach der Kutsche ausreichend Platz. Als der Kassierer den Fahrpreis nannte, umgerechnet fünfzehn Florentinische Gulden, musste Katarina erstmal tief Luft holen. Sie wollte ja nicht die Kutsche samt ihren sechs Zugpferden kaufen. Der Kassierer erklärte ihr, als er ihr erschrockenes Gesicht bemerkte, dass in dem Fahrpreis natürlich auch das Gepäck und die Übernachtungskosten in den Zwischenstationen bis Erfurt enthalten sind. Für die Tagesverpflegung müsste sie selbst sorgen. Ebenfalls sind Risiko Kosten, wie ein Raubüberfall oder Schäden am Gepäck, durch schlechte Witterung, nicht im Fahrpreis eingeschlossen. Er wünschte ihr eine sichere Fahrt und zeigte ihr noch den Weg zu dem Schlafraum und den Waschgelegenheiten für Frauen und Kinder. Für die Männer gibt es einen gesonderten Schlafraum. Gleiches ist für den Baderaum vorgesehen. Ach ja, rief er ihr noch hinterher. Besorgen sie sich für die morgige Fahrt eine ausreichende Reiseverpflegung. Die Kutscher werden sich nicht darum kümmern können. Sie sind den ganzen Tag unterwegs und die Kutsche hält nur in bestimmten Zeitabständen, damit die Insassen ihre Notdurft verrichten können. Eine Schenke oder ein Bauernhof ist da selten in der Nähe. Ich mein ja nur! In den folgenden Tagen fährt die Postkutsche jeweils zum Abend eine von den Gasthäusern zur Post an, damit die Fahrgäste in Ruhe die Nacht verbringen können. Dort haben sie auch die Möglichkeit, ihren Reiseproviant aufzufüllen. Bei den letzten Worten dreht er sich um, und lässt Katarina mit ihren Sorgen allein. Sie bedankt sich noch bei ihm für die guten Ratschläge und denkt bei sich, dass sie Essen und Trinken für die morgige Fahrt nicht unbedingt zukaufen müsste. In ihrer kleinen Reisetasche hat sie noch genügend Vorräte. Was sie jetzt dringend braucht wäre ein Bett mit einer kuschligen Zudecke. Mit Hans, dem Leiter der Wachtruppe geht sie schnell vor den Eingang der Poststelle und verabschiedet sich von allen vier Männern, die sie sicher hier her nach Cemmnitz brachten. Sie wünscht ihnen einen sicheren Ritte nach Hause und bittet sie, die Familie des Grafen von Hohenstein zu Hoheneck herzlich zu grüßen und ihnen zu ver-sichern, dass sie nach Ankunft in Weimar ein Schreiben schicken wird. Sie winkt allen lange zu und weiß, dass sie ab jetzt allein sein wird. An das was ihr möglicherweise zustoßen könnte, mag sie gar nicht denken. Sie wendet sich dem Eingang der Poststelle zu und ist nach weni--gen Metern im Schlafraum für Frauen und ihren Kindern.

Ohne sich erst komplett auszuziehen und ein Nachthemd über den nackten Körper zu streifen, legt sie sich auf den Strohsack, zieht die Decke über die Ohren und möchte nichts mehr sehen und hören. Ihre Gedanken beschäftigen sich noch eine Weile mit beschwerlichen Reisen in einer Postkutsche und weiß nicht so recht, ob sie alles gut finden kann, was ihr die Gedanken so zuflüstern. Natürlich gäbe es auch die Möglichkeit mit einem Schiff zu reisen, das gibt es. Nur um nach Weimar zu kommen gibt es nur die Möglichkeit zu Fuß, mit einem Pferd oder mit der offiziellen Postkutsche zu reisen. Und mit der fährt sie ja. Zugegeben, bequem ist so eine Postkutsche nicht, jedenfalls besser als zu Fuß. Ist sie allemal. Gegen das Reisen mit einer Postkutsche gibt es ja eigentlich kaum etwas einzuwenden. Außer mit seinen Beinen, auf die viele Mönche und Pilger angewiesen sind, wird man anders preiswert nicht weiterkommen. Ein Pferd ist natürlich bequemer als zu Fuß, aber wer besitzt schon ein Pferd? So ein Tier ist teuer. Hinzu kommen laufende Ausgaben für Futter und für die Pflege. Also, was bleibt für Menschen mit einem kleinen Geldbeutel, die eine weite Strecke vor sich haben, um zu ihren Verwandten zu kommen, eine neue Heimat für sich und ihre Familie zu suchen oder einfach nur, um sich eine andere Stadt anzusehen? Die Postkutsche. Natürlich nur, wenn man das nötige Geld dafür hat. Und aus Spaß an der Freud reiste man auch nicht, denn Reisen in so einer Kutsche war alles nur kein Vergnügen. In den Luxuskarossen des Adels und des aufkommenden reichen Bürgertums, vielleicht? Die waren besser ausgestattet und gut gefedert. Was bei den holprigen und steinigen Wegen durchaus nützlich für die Reisenden im Wageninneren war. Allerdings wegen seiner reichen Insassen ständig in Gefahr ihr Vermögen, das sie bei so einer Fahrt bei sich hatten, zu verlieren. Und wenn es ganz schlimm kam, war ihre Gesundheit oder gar ihr Leben keinen Pfifferling mehr wert.

Nach und nach lösten sich bei Katarina diese bedrückenden Gedanken auf und sanft zog sie der Schlaf in eine andere Welt. Eine Welt, in der sie frei von Sorgen und Ängsten nach Ferdinand rief, nachdem sich ihr Herz so sehr sehnte.

Ein sanftes Rütteln an ihren Schultern brachte sie wieder in die

Gegenwart zurück. Eine Frau in einer schicken Postunifiorm nickte ihr freundlich zu und meinte, sie möge sich doch für die Abreise bereithalten. Die Abfahrt ist für acht Uhr vorgesehen. Ihr Gepäck wurde bereits von einem Dienstboten der Poststelle zur Postkutsche gebracht und auf das Dach verfrachtet. Noch auf dem Bett sitzend, kramt sie in ihren Vorräten nach einem Kuchen, den sie kurz vor der Abreise im Schloss, frisch gebacken von der Ehefrau des Verwalters geschenkt bekam. Behutsam schneidet sie sich mit einem Dolch, den sie vorsichtshalber immer bei sich trägt, ein Stück ab und verstaut den Rest des Kuchens im Vorratsbeutel. So ein Tag kann lang werden, vorallem dann, wenn der Magen ständig knurrt und trotzdem bei ihm bei ihm nichts ankommen will, um den Hunger zu stillen. Nach einem kräftigen Schluck aus der Trinkflasche läuft sie mit ihrer kleinen Reisetasche in der Hand zum Eingang der Poststelle, damit sie die Abfahrt nicht verpasst.

Es ist soweit! An der Kutsche hilft ihr ein Diener hinein und weist ihr einen Fensterplatz zu. Muß wohl am Fahrpreis liegen, den ich bezahlte, denkt Katarina und freut sich jetzt schon darauf, während der Fahrt die Landschaft beobachten zu können. Pünktlich acht Uhr verspürt sie ein kräftiges Anrucken der Kutsche und ab geht die Fahrt durch die stinkende Stadt, die sie nach einer guten Stunde durch das West Tor von Chemnitz verlassen. Ein Aufatmen geht durch die Fahrgäste. Endlich frische Luft und gern nimmt man dafür die unangenehme Schaukelei der Kutsche auf sich. Was Katarina hilft, sind die Gedanken, die sich auf das Kommende vorbereiten und natürlich der Blick aus dem Fenster. Wie ist es möglich, überlegt sie, dass der beginnende Herbst eine solche Farbenvielfalt in die Natur zaubern kann? Es fällt ihr schwer, den Blick von der vorbeigleitenden Landschaft zu lösen. Mein Gott, grübelt sie, warum bin ich nur so unwissend. Wir Menschen sollten uns mehr bemühen über die Natur zu erfahren als das wir uns ständig gegenseitig das Leben erschweren oder noch schlimmer, uns gegenseitig umbringen. Und Gottes Wille kann das bestimmt nicht sein. Nein, das glaube ich nicht! Gott sollte doch eigentlich eine universelle, göttliche Schöpfung sein und keine körperliche Figur wie ein zum Beispiel ein Mensch von unserer Erde. Möglicherweise leben in diesem riesigen Universum auch noch andere Lebewesen, die denken können, aber völlig anders aussehen. Ein Gott kann ja nicht ständig sein Aussehen verändern. Das glaube ich nicht. So ein Gott, denke ich, sieht überhaupt nicht aus. Oder ist das doch alles völlig anders?

Unabhängig von solchen Gedanken, fällt ihr ein interessantes Gespräch mit Mertlin dem Baderchirurg ein, das sie beim Abendbrot in seinem Haus zum Thema: Bildung für Frauen führten. Soweit sie sich erinnern kann, war die Diskussion darüber alles andere nur nicht langweilig. Das scheinbar Schwierigste an dem Thema Bildung für Frauen war, das ein praktikabler Lösungsweg von Seiten der christlich katholischen Kirche nicht angeboten wurde. Mertlin meinte dazu, dass die Ursache für die ungleiche Behandlung von Männern und Frauen bis in unsere heutige Zeit wohl in der Schöpfungsgeschichte der Menschheit zu finden wäre. Für die ausschließlich der Herr im Himmel zuständig sei. Wie heißt es dazu so treffend im Buch der Bücher: Gott schuf den Himmel und die Erde und natürlich auch den Mensch.

Aber – eben aber! Wirklich eigenhändig aus Lehm und Wasser hat er nur den Mann, also den Adam geschaffen. Die Frau, also die Eva bastelte der Herr, oder vielleicht auch der Adam notgedrungen aus einer seiner vielen Rippen. Wenn man es genau nehmen sollte, eigentlich aus seinem Leib, also den vom Adam. Womit sie, also die Eva, natürlich zu seiner persönlichen Leibeigenen ohne irgendwelchen Rechten abgestempelt wurde. Ob sie wollte oder nicht! Und die Bildung, also das vermitteln von Wissen gleich welcher Art, war grundsätzlich nicht beabsichtigt und erst recht von Gott und natürlich auch von Adam nicht vorgesehen. Warum eigentlich? Als ich Mertlin diese Frage stellte, meinte er mit einem etwas saloppen

Galgenhumor, dass das den Männern völlig gegen den berühmten Strich gehen würde. Bei meinen Reisen durch das Vogtland, so meinte er, traf er hie und da Pfarrer und auch Mönche, die ihm zu diesem Thema mit vollem Ernst und Überzeugung folgendes zum Ausdruck brachten.

Der Herr hat uns Gebote in Stein gemeißelt, wie wir uns als Menschen auf der Erde zu verhalten haben. Soweit so gut! Dabei vergaß er vermutlich, dass die Nachfolgerinnen der Eva, also das weibliche Geschlecht, das ja ein Teil von uns Männern sei, sich auch gefälligst unterwürfig und dankbar zu verhalten hätte. Damit das auch im Namen Gottes so umgesetzt werden kann, erarbeiteten seine Erfüllungsgehilfen also seine christlichen Obergurus in Rom, die zehn Gebote für das strikte Verhalten von Frauen gegenüber uns Männern. Soweit die Aussage von Angehörigen der christlich katholischen Kirche, die Mertlin auf seinen Reisen antraf.

Am Gesichtsausdruck von Mertlin, denkt Katarina, konnte ich damals leicht erkennen, dass das alles, nur nicht seine Zustimmung fand. Soweit ich mich daran im Einzelnen erinnere, waren die Gebote so ähnlich formuliert, wie die zehn Gebote Gottes für die gesamte Menschheit.

Ich denke, grübelte Katarina trotz der holprigen Fahrt mit der Postkutsche, das erste Gebot lautete ungefähr so:

Ich bin der Herr, dein Ehemann. Du sollst keine anderen Männer haben neben mir. Solltest du dich nicht daran halten, kommst du unwiderruflich über ein reinigendes Feuer auf dem Scheiterhaufen in die Hölle.

Selbstverständlich war es Männern erlaubt, andere Männer oder Frauen zu besitzen, das versteht sich von selbst.
Das zweite Gebot lautete so:

Du sollst die Güte und Verantwortung deines Ehemannes dir
gegenüber niemals missbrauchen, wenn doch, wird dich
dein Mann dafür züchtigen.

Das dritte Gebot war eigentlich für uns Frauen hinnehmbar. Letztlich unterschied sich der Feiertag von anderen Tagen nur dadurch, dass wir Frauen mehr Arbeit hatten als sonst.

Du sollst den Feiertag heiligen.

Das vierte Gebot war klar. Es stärkte den aufrechten Gang des Mannes mit geschwellter Brust und diente natürlich auch dazu, ihm in der Öffentlichkeit auch die notwendige Beachtung zu schenken.

Du sollst deinen Ehemann, deinen Vater und deinen Großvater
demütig ehren und uneingeschränkt respektieren.

Das fünfte Gebot diente dem Schutz der Männer. Frauen sollten nicht mal auf die Idee kommen, einen Mann zu töten, Sollte das tatsächlich vorkommen, würde diejenige Frau in den Händen der Folterknechte in den Kellern der Inquisition die Hölle erleben, bevor ihr Körper zum Satan kommt.

Du sollst nicht töten.

Das sechste Gebot war eigentlich unverständlich. Im ersten Gebot wird der Frau ja verboten, dass sie keinen Mann außer ihren Ehemann das „Glück der Liebe" schenken darf. Möglicherweise sollte das sechste Gebot der Frau das noch mal klar vor Augen führen.

Du sollst nicht ehebrechen.

Das siebte Gebot deshalb, weil das stehlen und rauben grundsätzlich dem Manne vorbehalten bleiben sollte. Eine Frau, und das war die einhellige Meinung der Männer, hat nichts zu besitzen. Ganz gleich wie sie zum Besitz käme.

Du sollst nicht stehlen.

Das achte Gebot. Es bekam allerdings noch eine unauffällige aber sehr wirksame Überwachungsmöglichkeit für die Männer, um alle Frauen genauestens überwachen zu können, ob sie tatsächlich auch die Wahrheit sage. Dafür gab es die Beichte. Eine geradezu geniale Möglichkeit, von den Frauen alles zu erfahren, was man wissen wollte. Natürlich auch, ob sie gelogen haben. Sollte eine Frau dabei erwischt worden sein, halfen eine ordentliche Tracht Prügel und für Uneinsichtige ein reinigendes Feuer auf dem Scheiterhaufen.

Du sollst nicht lügen und schlecht über Männer denken und reden.

Das neunte Gebot. Das Gebot deshalb, weil Männer der Meinung waren und sind, dass Frauen grundsätzlich von der Gier geplagt wären und keiner auf den Gedanken kommen sollte, dass das die Männer sind.

Du sollst nicht Sachen begehren, die grundsätzlich Männern gehören.

Das zehnte Gebot, meinte Mertlin, ergänzt nur das neunte Gebot. Frauen sollten nichts besitzen. Selbst das Ererben von Sachen und Vermögen wurde ihnen gesetzlich untersagt. Frauen, vom Adel und Königshäusern einmal abgesehen, haben keine Chance, eine Erbschaft zu erhalten und sei sie noch so unbedeutend. Das Recht dazu haben nur Männer.

Du sollst nicht begehren deines nächsten Mannes Knecht, Sklave
Vieh noch alles, was andere besitzen.

Schon sehr anstrengend, was Mertlin damals über uns Frauen so erzählte. Was solls, ich kann es nicht ändern, denkt Katarina, obwohl ich es gern tun würde. Was würde das mögliche Wissen von uns Frauen an Verbesserungen bringen, wenn wir Frauen ausgebildet wären und tatkräftig mithelfen könnten, Unbekanntes zu erforschen und für die Menschheit nutzbar zu machen.

Trotz der aufkommenden Müdigkeit und der Fahrgeräusche, die auch im Inneren der Kutsche gut zu hören sind, werden plötzlich kräftige Hufgeräusche von schnell galoppierenden Pferden hörbar, die sich der Kutsche zu nähern scheinen.

Bei Katarina zieht sich alles zusammen und ihr Gesicht verkrampft sich in Angst und Sorge. Nach wenigen Minuten wird die Kutsche angehalten und Männer in preußischer Uniform umstellen die Kutche so, damit sie nicht weiterfahren kann. Lange dauert die Unterredung nicht, die vermutlich draußen stattfindet. Nach wenigen Minuten hört sie laute Kommandos und die Soldaten galoppieren vermutlich wieder dorthin, wo sie herkamen. Einer der zwei Kutsche steigt vom Bock, öffnet die Wagentüre und informiert die Reisenden darüber, dass sie nahe an einem Gefechtsformation der Preußischen Armee entlang fahren. Wir werden, so meint der Kutscher aufgefordert, hier einen Tag zu warten, bis wir ohne in Gefahr zu geraten ins Schussfeld von Kanonen zu kommen, wieder weiter fahren können. Es hilft nichts, meinet der Kutscher sehr besorgt. Besser so, als von Kanonenkugeln getroffen zu werden, ist das allemal und für unsere Gesundheit und die der Pferde sowieso. Wer will, kann seine Notdurft verrichten oder herumlaufen um die Beine zu bewegen. Hier in dieser Gegend, meint jedenfalls der Kommandant dieser Truppe, wären wir vorerst sicher. Alles weitere würden wir morgen vor der Abfahrt erfahren. Mit einem scherzhaften Unterton in seinen Worten meinte er noch, dass wir uns auf eine besinnliche Nacht vorbereiten sollten. Im Bett schlafe es sich zwar angenehmer, allerdings ist die Nacht in einer Postkutsche, noch dazu in der freien Natur nicht zu ersetzen. So romantisch, wie vom Kutscher angekündigt, war die Nacht wirklich nicht. Erst nach einem längeren Fußmarsch durch die Wiesen wurde ihr steifgewordener Körper, bedingt durch die lange Sitzerei in der Kutsche, wieder etwas beweglicher.

Kaum ist die Sonne aufgegangen, kommt ein kleiner Soldatentrupp zu Pferd auf sie zu und gibt ihnen die Erlaubnis, ihren Weg in Richtung Erfurt fortzusetzen. Allerdings mit der Bemerkung, dass sie Augen und Ohren offen halten sollen. Falls sie Geschützdonner hören würden, sollten sie die Kutsche schnellstens verlassen und Schutz im nahegelegenen Wald suchen oder schleunigst in die nächste Ortschaft fahren.

Gott sei Dank war auf der verbleibenden Strecke bis zum Osttor von Erfurt von solchem gefährlichen Kanonengetöse nichts mehr zu hören. So kamen sie, trotz mancher Schwierigkeiten heil am Gasthof zur Postkutsche in der Innenstadt von Erfurt an. Katarinas Hoffnung, am gleichen Tag nach Weimar fahren zu können, erfüllte sich nicht. Sie musste zwei Tage und Nächte im Gasthof zur Post zubringen, bis die nächste Postkutsche nach Weimar fahren würde. Bis dorthin war es nur eine knappe Tagesreise, so dass sie am späten Nachmittag des dritten Tages die Innenstadt von Weimar wohlbehalten erreichte. Was ist, grübelt Katarina, wenn die Gräfin von Witzlach ihre Spione auch bei der Post hat. Dann wird ihr es vermutlich nicht entgehen, dass die von ihr so dringend gesuchte Katarina sich bereits in ihrer Nähe aufhält. Sie weiß zwar nicht wo ich wohne, aber das ist dann nur eine Frage der Zeit. Kein beruhigender Gedanke, überlegt sie und dabei beginnt sich auch noch die Angst zu melden. Aber gut, was solls. Ich bin hier und muss als nächstes sehen, wie und in welcher Weise mir der Verwandte von Johannes und Gerlinde und der Direktor der medizinischen Fakultät hier in Weimar weiterhelfen wird. So er kann.

Da es schon spät geworden ist und vermutlich in der Fakultät alle auf dem Heimweg sein werden, beschließt sie, die Nacht im nebenstehenden Gebäude vom Gasthof zur Post zu verbringen. Die Übernachtung und das Essen sind zwar erheblich teurer als die Übernachtung im Schlafraum der Poststelle, dafür schläft es sich deutlich angenehmer und das Essen ist vielseitig und gut.

Beim Einschlafen kann sie nicht sagen ob sie froh oder ängstlich an den kommenden Tag denken soll. Einesteils ist sie ganz froh in der Stadt zu sein, in der sie mit Ferdinand die glücklichsten Stunden ihres Lebens verbrachte. Denkt sie an die Zukunft, weiß sie nicht, was sie bringen wird. Der rettende Schlaf befreit sie vor weiteren sorgenvollen Gedanken und überlässt sie den Träumen der Nacht.

Die aufgehende Sonne kitzelt sie aus ihrem Schlaf und zeigt ihr auch, dass der beginnende Tag sich der Frühstückszeit nähert. Ein ausgiebiges Bad muss sein, überlegt Katarina. Was soll der Direktor der medizinischen Fakultät von ihr denken, wenn sie riecht, als käme sie gerade aus einem Kuhstall? Wie heißt es so zutreffend im Volksmund: „Der erste Eindruck soll ja der beste sein". Nach dem Frühstück bestellt sie eine städtische Kutsche, bezahlt ihre Übernachtungskosten und wartet an der Eingangstür auf die Ankunft der Kutsche. Gott sei Dank, die Wartezeit hält sich in den gewohnten Grenzen. Bei der Ankunft der Droschke bittet sie den Kutscher ihre Taschen in dem Fahrzeug zu verstauen und sie am Gebäude der Universität abzusetzen. Keine zwei Stunden später, hält das Gefährt mit seinen zwei Pferden vor dem imposanten Eingangsbereich des massiven Gebäudes. Ihre Taschen stellt der Fahrer vor den Eingang ab, bedankt sich für das großzügige Fahrgeld und fährt weg.

Ihre Schritte in das Innere des Gebäudes sind nicht so sicher, wie sie es gern hätte. Kaum steht sie in der prächtigen Empfangshalle, wird sie auch schon von einem uniformierten Portier angesprochen und gefragt, ob er ihr behilflich sein kann. Irgendwie spürt sie plötzlich eine innere Kraft, die ihr den Mut und die Zuversicht gibt nach vorn zu schauen. Ihr wird mehr und mehr bewusst, dass sie an einem wichtigen Wendepunkt in ihrem doch so unruhigem Leben stehen würde.

„Bitte bringen sie mich zum Direktor der medizinischen Fakultät, ich möchte mit ihm persönlich sprechen,". Bei diesen Worten überreicht sie das Begleitschreiben vom Grafen zu Hohenstein zu Hohneck. Der Mann nimmt die versiegelte Schreibrolle entgegen, wirft einen kurzen Blick darauf und bittet sie in der Sitzecke der Halle Platz zu nehmen und sich zu gedulden. „Entschuldigung, bitte, könnte ein Mann meine Taschen in das Gebäude tragen? Sie stehen vor der Eingangstür." Ein kurzes Nicken soll wohl andeuten, dass er sich darum kümmern wird. Katarina läuft zu der Sitzecke und versinkt in die weichen angenehmen Polsterstühle. Im Stillen hofft sie, dass ihr aufkommender Mut sie nicht verlassen möge.

Sie wartet bereits fast eine Stunde und weiß nicht so recht, was auf sie zukommen mag. Im Volksmund sagt man manchmal. „Gut Ding will haben Weile". Noch beim Nachdenken über die Bedeutung dieses Satzes, kommt der Portier auf sie zu und bittet sie ihm zu folgen. „Entschuldigung, was ist mit meinen Taschen?" „Keine Sorge, das erledige ich gleich!" Im zweiten Stock angekommen, öffnet er die erste Tür in einem größeren Flur, lässt sie vorangehen und schließt hinter ihr leise die Türe. Kaum hat der Mann den Raum verlassen, kommt ein großgewachsener älterer Mann im dunklen Anzug lächelnd auf sie zu und reicht ihr zur Begrüßung die Hand.

„Sie sind also die Frau, die den Unmut der Gräfin zu Witzlach, sicher ungewollt, auf sich gezogen hat. Gelinde formuliert. Mein

Verwandter, der Graf von Hohenstein zu Hoheneck hat mich in seinem Schreiben umfangreich informiert, so dass wir uns beide darüber nicht mehr unterhalten müssen. Schauen wir gemeinsam nach vorn und überlegen wir, wie sie in Ruhe und in Sicherheit hier bei uns leben und arbeiten können. Schon die wissenschaftlichen Arbeiten ihres Verlobten, dem Freiherrn Ferdinand vom Rothenanger, sind für uns hier an der Fakultät mehr als nur eine große Verpflichtung, ihnen in besonderer Weise zu helfen, die schweren Zeiten sicher zu überstehen. Nach unserem Gespräch wird sie ein Kollege unseres Hauses, sie kennen ihn, es ist der enge Freund von Ferdinand, der ihnen nicht als Freund sondern auch als Arzt in den letzten Tagen seiner schweren Krankheit behandelte. Sie kennt ihn auch, es ist Siegfried. Glauben sie mir, Katarina, wir werden alles tun, damit sie sich hier bei uns wohlfühlen und die Gräfin von Witzlach mit ihrer Rache keine Chance bekommt ihnen Schaden zuzufügen. Eine Mitarbeiterin unseres Hauses wird ihnen ihr Zimmer zeigen und sie in die Tagesabläufe einweisen. Morgen werden sie sich mit Siegfried treffen, der sie in ihr neues Arbeitsbereich einweisen wird. Und glauben sie mir, sie werden begeistert sein. Sie besitzen fundierte Kenntnisse, was für unsere Zeit ungewöhnlich ist und sind wissbegierig. Eine sehr gute Voraussetzung für alles Kommende. Es wird ihnen viel Freude bereiten, dessen bin ich mir sicher."

Katarina, aufgewühlt von glücklichen Gefühlen, geht auf den Direktor zu, umarmt ihn und bedankt sich unter Tränen für seine Unterstützung. Etwas überrascht von dieser ungewöhnlichen Umarmung wünscht er ihr alles Gute bei ihrer Arbeit hier im Haus. Sollte sie Fragen haben, seine Türe ist für sie immer offen.

Die Hölle der Inquisition

Der Teufel baut an, wenn Kriege beginnen.

Dietmar Dressel

Warum die Hölle im Jenseits suchen? Sie ist schon im Diesseits vorhanden, im Herzen der Bösen.

Jean-Jacques Rousseau

Die Dämonen sind Falschheit. Sie sind Gestalt gewordene Lügen, denen das Chaos Macht verliehen hat.

Dietmar Dressel

Katarina kann nicht sagen, ob sie sich nach dem Gespräch mit dem Direktor der medizinischen Fakultät befreit und glücklich fühlen sollte. Sicher ist, so empfindet sie es jedenfalls, die unmittelbaren Sorgen, die den Schutz ihres Lebens betreffen, scheinen sich aufzulösen.

Beruhigt schaut sie sich in ihrem Zimmer um, das ihr eine Bedienstete des Hauses zugewiesen hatte. Sie wird allein darin wohnen dürfen und braucht sich das relativ große Zimmer nicht mit einer andren Frau zu teilen. Nicht dass sie etwas gegen eine andere Frau hätte, aber allein ist es in ihrer Situation doch angenehmer.

Ein prächtiger Schreibtisch am Fenster lädt zum Verweilen ein, obwohl er bestimmt für die geistige Arbeit sein sollte. Aber bei dem wunderbaren Anblick der Natur, überlegt Katarina, beim Hinausschauen, kann man eigentlich nicht an Arbeit denken. Also gut, denkt sie, sehe ich mir in Ruhe an, wo und wie ich, hoffentlich bis an mein friedliches Lebensende wohnen darf.

Links vom Schreibtisch in Höhe ihres Kopfes ist ein Regal vollgepackt mit Büchern in so einer Vielzahl, wie sie es bei Ferdinand im Arbeitszimmer sehen konnte. Natürlich kann sie lesen und schreiben. Dafür sorgte schon in ihrem Kindesalter die Mutter. Mehr als drei Bücher gab es in ihrem Haus nicht. Und die waren schon vom vielen Benutzen so zerflettert, dass sie kaum noch nutzbar waren. Links an der Seitenwand des Zimmers stand ein Bett, eigentlich schon fast ein Himmelbett. Kein Strohsack auf dem Fußboden. Auf dem Bett lag eine richtige weiche Matratze, auf der man bestimmt wunderbar schlafen kann und einem das Stroh nicht ständig den Rücken zerkratzt. Zum Einkuscheln eine mit weichen Daunen gefüllte Zudecke. Ein großes Kopfkissen mit gleicher Füllung fehlte natürlich auch nicht. Ich werde, denkt sie beruhigt, in diesem Bett gut schlafen können. Was mir bestimmt darin fehlen wird ist mein lieber Ferdinand. In meinen Träumen werden wir beide ja zusammen sein, obwohl meine Schmetterlinge im Bauch bestimmt voller Sehnsucht nach seinem Körper rufen werden.

Ein leichtes Hungergefühl meldet sich aus der Magengegend. Kurzentschlossen nimmt sie die Reste der Reiseverpflegung aus ihrer Tasche setzt sich an den Schreibtisch und lässt sich die Fettschnitten erstmal gutschmecken. Besser wäre jetzt der Kuchen, der ist leider alle. Ein Blick in das Bücherregal weckt noch ein weiteres Hungergefühl und den Appetit nach Wissen. Ohne besonders nach bestimmten Inhalten zu suchen, nimmt sie sich ein dickes Buch und ist angenehm überrascht, ein Buch zum Thema „Christliche Medizin im Mittelalter" in der Hand zu halten. Nicht schlecht, denkt sie, das Thema hatte sie schon mal mit Ferdinand gemeinsam am warmen Kamin diskutiert. Ich glaube, auch für Ferdinand war das nicht uninteressant, weil er als Arzt einerseits und als christlich erzogener Mensch andererseits in sich einen fast unüberwindlichen Zwiespalt fühlte, den er gern überwinden wollte. Jedenfalls war das ihr Eindruck. Wenn da nicht die christlich katholische Kirche mit ihren dogmatischen Grundsätzen, wäre die vieles Gute und Nützliche im Bereich der medizinischen Behandlung zum Wohle der Menschen verteufelte und bemüht war, jeden praktischen Ansatz dafür zu unterbinden und als Teufelszeug abzutun. Das besonders Verwerfliche dieser Dogmen war, dass sie eigentlich nur für die wirklich Gläubigen bestimmt waren, und das waren und sind größtenteils die einfachen Menschen ohne Bildung. Bei den reichen Bürgern und Adligen lösten sich solche Grundsätze mit tatkräftiger Unterstützung der Erfüllungsgehilfen ihres christlichen Gottes in Luft auf. Klar, denkt Katarina, was sonst! Will doch mal lesen, welche Meinung in diesem Buch vertreten wird.

Drei Stunden sind vergangen und Katarina spürt eine leichte Müdigkeit in sich aufsteigen. Lesen strengt auch an, nicht nur körperliche Arbeit, denkt Katarina und legt das Buch erstmal zur Seite. Die praktische Medizin, also nach welchen Erkenntnissen die kranken Menschen im Mittelalter behandelt wurden, basierte doch in den meisten Fällen maßgeblich auf den Erfahrungen der antiken Saftlehre die wohl, so konnte sie lesen, durch Hippokrates von Kos begründet und von Galenos von Pergamon weiterentwickelt wurde. Und weiter wurde behauptet, dass nach dem Zerfall des riesigen Römischen Reiches sich die akademische Medizin, also nicht die praktische Behandlung von kranken Menschen in drei territoriale Hauptstränge aufteilte. Einiges davon, vorallem die Volksheilkunde wurde von der akademischen Medizin des Mittelalters vielerorts übernommen. Man denke dabei nur an die Baderchirurgen, meinte Ferdinand, die mit ihren praktischen Erfahrungen meist den armen Menschen helfen konnten, soweit das möglich war. Ferdinand stritt das auch nicht ab, überlegt Katarina, meinte allerdings, dass die Kirche vieles Gute daran verteufelte und dabei so mancher Baderchirurg in den Kellern der Inquisition sein Leben verlor. Was folgt, so konnte sie lesen, war die Epoche der Kirchen- und Klostermedizin, die sie selbst erlebte. Deutschland wurde maßgeblich von dieser Veränderung geprägt. Einiges davon war gut und half den kranken Menschen wirklich unabhängig davon, ob sie einen großen oder kleinen Geldbeutel besaßen. Ausschlaggebend war nur Gottes Segen. Ohne ihn war eine Krankenbehandlung nur mit großen Risiken für die Ärzte und für das Pflegepersonal verbunden.

Leises Klopfen an der Tür unterbricht ihre Gedanken und holt sie in die Wirklichkeit zurück. Wer sollte sie in der späten Abendstunde noch besuchen wollen? Angst braucht sie eigentlich keine haben. Die Wahrscheinlichkeit, dass die Gräfin von Witzlach vor ihrer Tür stehen würde, kann sie ausschließen. Befreit von solchen Gedanken ruft sie laut - „herein" und Sekunden später steht Siegfried, der behandelnde Arzt von Ferdinand und sein Freund in der Tür. Da sie ihn ebenfalls gut kennt, freut sie sich über sein Kommen. „Kommst du mit in die Mensa, es gäbe heute Abend ein sehr leckeres Abendbrot, dass die Studenten unserer Universität zubereitet haben. Wie denkst du darüber Katarina?" Natürlich hat er auch vor, mit ihr ein wichtiges Gespräch über ihre Zukunft hier an der Fakultät zu führen, aber das möchte er sich für die Zeit beim Essen aufheben. Katarina muß über ein so verlockendes Angebot nicht nachdenken und ihr Magen wird wohl auch kaum etwas dagegen einzuwenden haben, ob er Hunger hat oder nicht. Mit einem Lächeln im Gesicht, hakt sie sich bei ihm unter und meint – „Dann lass uns gehen, bevor das Essen kalt wird! Darauf allein freue ich mich nicht nur. Ich denke, wir werden beide eine sehr angenehme Unterhaltung haben. Wissen tue ich es natürlich nicht, aber mein Magengefühl sagt mir, dass es so kommen wird. Was meinst du, Siegfried?" „Ich denke, dein Magen weiß oft mehr, als mancher Kopf denken kann. Es gibt in unserer heutigen Zeit Philosophen, die meinen, dass das „Fühlen" bei allen Lebewesen so etwas wie der sechste Sinn sei. So, jetzt aber Schluss mit der Fachsimpelei. Lass uns gehen!"

Eine knappe viertel Stunde später sitzen beide in der Mensa der Fakultät erwartungsvoll am Tisch gegenüber und freuen sich über die vielen gut riechenden Gerichte, die die Studenten vor ihnen auf abstellen. Das alles in den Magen zu bringen, braucht seine Zeit. Letztlich sind ja beide nicht am Verhungern gewesen. Sie wollen ja das Essen genießen und nicht einfach so hinunterschlingen, damit der Magen Ruhe gibt. Endlich geschafft! Auch vom Nachtisch, ein schmackhaftes Pflaumenkompott mit gesüßtem Quark, bleibt nur ein leerer Teller übrig. Unerwartet hört Katarina ein eigenartiges Geräusch, das den Mund von Siegfried verlässt. Es könnte auch der tiefe Brummton eines Bären sein, war es aber nicht. Verwundert darüber meint sie zu ihm – „Das war doch nicht etwa sowas wie ein Rülpser, wie sie oft nach dem Essen unter Männern üblich sind?" „Entschuldige Katarina" es sollte eigentlich nur ein kleines stilles Bäuerchen werden." „Na na, lieber Siegfried! Von wegen kleines stilles Bäuerchen. So was klingt aber deutlich bescheidener!" „Ich weiß, aber mein Magen ist brechend voll – entschuldige bitte, kommt nicht wieder vor! Lassen wir das und widmen wir uns beide deiner Zukunft.

Ich möchte mich mit dir über deine praktische Arbeit hier bei uns in der medizinischen Fakultät unterhalten. Magst du?" Keine Sorge, lieber Siegfried, dafür nehme ich mir gern Zeit. Außerdem fühle ich mich in deiner Nähe sehr wohl und vorallem sicher. Von Ferdinand weiß ich, dass hier in der Fakultät auch Männer, Frauen und Kinder behandelt werden, die an unbekannten Krankheiten leiden." „Das stimmt, Katarina! Ich habe gestern Abend mit unserem Dekan bereits darüber diskutiert. Wir kamen beide darin überein, dass wir alles unterlassen sollten, dass du mit der so genannten Öffentlichkeit in Kontakt kommen könntest. Es sollte unsererseits und auch von dir alles vermieden, dass Menschen außerhalb der Fakultät wissen können, dass du hier bei uns dein Leben führst. Du bist, wenn du es so sehen willst, nicht hier. Damit haben wir eine gewisse Gewähr dafür, dass die Gräfin oder ihre Helfershelfer nichts über dich erfahren können. Möglicherweise wäre diese Arbeit in der Krankenstation für uns und natürlich auch für dich sehr nützlich. Allerdings bleibt dabei ein Risiko für dich. Wenn die

Gräfin von Witzlach einmal vier Meter tief in der Erde liegen wird, werden wir uns diesen Gedanken über einen richtigen Arbeitsplatz für dich wieder zuwenden. Vorerst rate ich davon ab." „Danke Siegfried für deine Hilfe und Unterstützung. Was soll ich mit meinem geringen Wissen und meinen Kenntnissen in der Krankenpflege in einer Universität für eine Arbeit machen können, Siegfried?" "Wir haben da einen Vorschlag für dich, der sowohl für deine tägliche Arbeit, als auch für deine Sicherheit gut geeignet wäre, dass du ihn annehmen könntest. Ich erkläre dir das erstmal und anschließend diskutieren wir beide darüber, inwieweit du dir das zutraust – einverstanden, Katarina." „Gut, Siegfried, ich höre dir gern zu!"

Wie es hie du da die Fügung des Schicksals gern möchte, hat unsere Bibliothekarin im vergangenen Jahr aus Altersgründen ihre Arbeit beendet. Der Not gehorchend musste ein Mitarbeiter aus dem Archiv, allerdings nur als Übergangslösung, die Arbeit in der Bibliothek übernehmen. Wie du vermutlich durch Ferdinand wissen wirst, ist eine Bibliothek, vorallem in einer Universität, der Wissensspeicher für alles was theoretisch bereits abgehandelt wurde und möglicherweise in der Zukunft sich entwickeln wird. Natürlich gibt es auch öffentliche Bibliotheken, die unter Fachkreisen als eine Art Dienstleistungseinrichtung, die den wissensdurstigen Männern und natürlich auch Frauen einen fundierten Zugang zu allen möglichen Informationen ermöglicht. Jakob, also unser Mitarbeiter aus dem Archiv, wird dich morgen Früh in die Arbeit der Bibliothek einweisen. Bei deinem aufgeweckten Geist wird dir das nicht schwerfallen. Noch ein paar Worte zu Jakob.

Als Mann beurteilt, ist er von Geburt an gehbehindert, vom Wuchs her eher etwas klein und auf seinem Kopf fehlen die Haare. Alles in allem, von Frauen wird er kaum beachtet. Seine geistigen Fähigkeiten sind eher durchschnittlich. Dafür wird er von einem krankhaften Ehrgeiz gejagt, der ihm vermutlich ständig zuflüstert, dass er bei seinen Fähigkeiten die Universität leiten könnte. Unterstützt und gefördert wird seine verachtenswerte Verhaltensweise durch sehr gute Beziehungen seines Großonkels. Ohne dessen Unterstützung wäre er vermutlich ein Bettler oder müsste in einem Kloster sein Dasein fristen. Hüte dich vor ihm. Sein Name ist zwar Jakob, aber der Judas ist sein ständiger Begleiter. Er ist ein typischer falscher florentinischer Gulden. Außer deinen Namen braucht er von dir nichts zu wissen. Und das meine ich wörtlich! Halte dich bitte daran, liebe Katarina, ich meine es nur gut mit dir. Nach der Einweisung durch Jakob wirst du allein in der Bibliothek arbeiten. Zu deinem Bereich haben nur Mitarbeiter unserer Universität Zugang. Keine fremde Person wird dich zu Gesicht bekommen. Dadurch können wir davon ausgehen, dass von deiner Anwesenheit hier bei uns, kein fremder Mensch wissen kann. Ich denke dabei an die Gräfin von Witzlach samt ihrer willigen Helfershelfer und Zuträgern. Und das ist gut so.

„Was hälst du von unserem Vorschlag, Katarina?" „Du weißt schon, Siegfried, dass das einige Zeit dauern wird, bis ich die Arbeit in der Bibliothek beherrschen werde?" „Mach dir darüber keine Sorgen, unsere Mitarbeiter sind darüber informiert und werden dir helfen, dich zügig einzuarbeiten. In den meisten Fällen kommen Mitarbeiter zu dir, um sich bestimmte schriftliche Unterlagen, wie zum Beispiel Fachbücher, Dissertationen oder Fachzeitschriften für eine bestimmte Zeit in ihr Arbeitsbereich mitzunehme oder sich in der Bibliothek vor Ort informieren wollen. In beiden Fällen ist es deine Aufgabe, dass bei dem „Mitnehmen" und dem „Wiederbringen" eine nachvollziehbare Ordnung unvermeidlich sein soll. Und das, liebe Katarina, wird im Wesentlichen deine Aufgabe sein. Alle dieser Art von Vorgängen werden schriftlich in besonderen Formularen festgehalten, so dass du immer darüber informiert bist, wo sich die wertvollen Schriften der Bibliothek befinden und wer sie hat. Du wirst die Arbeitsabläufe schnell beherrschen. Mach dir darüber keine unnötigen Sorgen. Belassen wir es für heute dabei. Ich werde dich morgen Nachmittag in deinem neuen Arbeitsbereich besuchen. Solltest du mit der Arbeit noch grundsätzliche Probleme haben, werden wir beide uns bemühen sie zu lösen. Deine Tätigkeit selbst ist leichter, als du jetzt vielleicht denken magst. Sie ist für dich ungewohnt, natürlich ist sie das. Spätestens nach vier Wochen wirst du darüber lächeln, glaube mir, ich weiß was ich sage. Außerdem weiß ich, dass du einen ausgesprochen wissbegierigen Kopf besitzt und vor neuen Aufgaben nicht zurückschreckst. Ferdinand erzählte mir eine Methode, wie du einem schwerverwundeten Soldaten, dem das Bein amputiert werden musste, für eine gewisse Zeit mittels einer so genannten Holzhammermethode zur Ruhe brach-test. Das hat für einiges Aufsehen hier an der Universität gesorgt. Nicht nur wegen der außergewöhnlich und nützlichen Wirkung, sondern auch, weil sie von einer Frau vorgeschlagen wurde.

„Ich wünsche dir eine ruhige Nacht, liebe Katarina und freue mich auf morgen Nachmittag." „Danke, für alles, lieber Siegfried. Gute Nacht!"

Als Katarina ihr Zimmer betritt, liegt auf ihrem Bett sowas wie eine schmucke Uniform. An der Art erkennt sie sofort die Kleidung, wie sie scheinbar alle Bediensteten der Universität tragen müssen. Ja gut, denkt sie, ich habe zwar auch eigene Sachen zum Anziehen, aber so eine Dienstkleidung ist praktisch und bezahlen muß ich sie vermutlich auch nicht. Fremde werden damit sofort erkannt und vom internen Universitätsbetrieb ferngehalten.

Der Tag war anstrengend und nach einer kleinen Katzenwäsche legt sie sich in ihr Himmelbett, zieht sich die weiche Daunendecke über die Ohren und lässt sich vom Schlaf in einen erlösenden Traum ziehen.

Die acht Glockenschläge der Universitätsuhr sind nicht zu überhören. Katarina schwingt sich aus den Federn, zieht sich einen

Morgenmantel über und klemmt sich ein Badetuch unter ihren Arm. Mit frische Unterwäsche und die schmucke Uniform in den Händen läuft sie zum Baderaum, der sich im gleichen Flur befindet. Eine halbe Stunde später betritt sie ihr Zimmer wieder, allerdings so, als wäre sie ein völlig anderer Mensch. Ein kurzer Blick in den Spiegel und ein zufriedeneres Lächeln spiegelt sich in ihrem Gesicht wieder. Gut, denkt sie frohgelaunt, dann will ich doch mal sehen, was auf mich alles so einstürmen wird, und mit dem Jakob, denkt sie, werde ich auch fertig. Bei diesen Worten meldet sich ihr Magen. Ach je, überlegt sie, beinahe hätte ich vor lauer Arbeitseifer das Frühstück vergessen. Was vermutlich ihrem Magen nicht gefallen würde.

Neun Uhr, die Glockenschläge sind nicht zu überhören. Katarina steht Pünktlich an der verschlossenen Tür zur Bibliothek. Na, vermutet sie beunruhigt, der Tag fängt ja nicht besonders gut an. Eine halbe Stunde vergeht, als ihr ein relativ kleiner älterer Mann mit einigen Büchern unter dem Arm entgegen kommt und an der Tür zur Bibliothek stehenbleibt.

„Sie sind also die Neue, die meine Arbeit übernehmen soll? Mein Name ist Jakob. Ich habe den Auftrag von der Direktion erhalten, sie heute umfangreich in die einzelnen Arbeitsabläufe der Bibliothek einzuweisen!" „Ich weiß, Jakob! Ich bin darüber informiert worden. Du kannst Katarina zu mir sagen, das Sie lassen wir mal weg. Wenn du damit einverstanden bist." „Gut, Katarina, dann lass uns anfangen, so ein Tag ist schnell vorbei. Morgen bin ich an meinem neuen Arbeitsplatz und kann dir nicht mehr helfen." Umständlich holt er aus seiner Hosentasche einen dicken Schlüsselbund, sucht den passenden Schlüssel und öffnet damit die Tür zur Bibliothek. Prächtig, das ist das einzige Wort, das Katarina beim Anblick dieses großen Saales einfällt. Noch nie hat sie so einen Raum betreten. In der Raummitte sind einige Tische und Stühle aufgestellt und an den Wänden sieht Katarina nur Regale, die fast bis an die Raumdecke reichen. Außer Bücher kann sie darin nichts anderes erkennen. Am unteren Ende des Raumes steht ein Schreibtisch und seitlich davon einige Aktenschränke. Das wird, denkt Katarina, für die nächste Zeit mein Arbeitsplatz sein. Die leicht krächzende Stimme von Jakob reißt sie aus ihren Gedanken und ruft sie in die Wirklichkeit zurück. „Bleiben sie nicht wie angewurzelt stehen und gehen sie einstweilen zum Schreibtisch. Ich muss noch einige Bücher einordnen. Ich komme gleich nach!"

Katarina macht sich über das, was jetzt auf sie zukommen wird, keine Sorgen. Schon bei ihrer Arbeit im Kloster lernte sie, wie man Berichte über kranke Menschen anlegen muss und zwar so, dass sie von anderen Klosterschwestern auch nachvollziehbar waren. Auch das schriftliche Anlegen von Lagerdateien für Material und allen Arzneien ist für sie kein Geheimnis. Alles in allem denkt sie, heute Abend weiß ich das Wichtigste, damit ich mich hier nützlich machen kann.

Katarina sitzt allein am Schreibtisch. Jakob hat sie bereits vor einer guten Stunde verlassen. Da sie das Mittagessen übergangen hatten, sie, so meinte er, eigentlich aus seiner Sicht alles verstanden hätte, müsste er sich jetzt um seinen Magen kümmern. Er wünschte ihr einen guten Start bei der neuen Arbeit und eine angenehme Zeit. Sollte sie Fragen haben, so müsste sie sich an die Direktion wenden, die würden ihr dann schon weiterhelfen.

Unerwartet öffnet sich die Tür und Siegfried kommt lächelnd auf sie zu. „In deinem Gesicht kann ich keine Sorgenfalten entdecken. Vermute ich zu recht, das du vor dem Morgen nicht zurückschrecken wirst?" „Lass dich umarmen, Siegfried. Ich danke dir dafür, dass ich diese Arbeit übernehmen darf. Glaube mir, ihr werdet mit mir zufrieden sein." „Heißt das, du hast keine Probleme damit?" „Vorerst sehe ich keine, Siegfried! Vielleicht werden im Laufe der Zeit Probleme kleinerer Art auftreten, was ja nicht so schlimm wäre. Ich kann ja dich fragen. Was hälst du davon, wenn wir einen Happen essen. Ich habe vor lauter Arbeitseifer das Mittagessen ausfallen lassen und jetzt knurrt mir der Magen." „Eine gute Idee, liebe Katarina, dem kann ich mich nur anschließen. Komm, gehen wir! Ich glaube, heute soll es zum Abendbrot Thüringer Blutwurst, eingelegt in knusprige Bratkartoffeln geben. Hoffentlich gibt es auch Kompott dazu. Wenn möglich Blaubeeren mit saurer Sahne." „Hör auf, mir läuft das Wasser im Mund zusammen. Wenn du so weiter erzählst, fall ich vor Hunger um." „Dann pack schnell deine Sachen und lass uns gehen. Hat dir Jakob den Zimmerschlüssel für die Bibliothek gegeben?" „Hat er, lieber Siegfried, und sein Gesicht strahlte dabei nicht vor Freundlichkeit." „Hüte dich vor ihm! Ich und auch die Direktion werden ein wachsames Auge auf ihn halten. Jetzt lass uns gehen, wir können uns ja beim Essen in der Mensa weiter unterhalten."

In den folgenden Wochen wurde es bei beiden schon zur lieben Gewohnheit, dass sie sich zweimal in der Woche in der Mensa zum Abendbrot trafen. Thema war natürlich die Arbeit, aber auch Fragen, die sich bei Katarina sammelten und auf Antworten warteten. Natürlich fand sich während der Arbeit immer noch genügend Zeit, sich ein Buch oder eine Zeitschrift aus dem Regal zu nehmen, um darin einige Seiten zu lesen. Für alles reichte die Zeit meistens nicht aus. Mein Gott, muß sie oft denken, was bin ich doch für ein unwissender Mensch. Was sie allerdings auch bemerkte war, dass sich in ihrem Herzen ganz eigenartige Gefühle einen Platz suchten. Und die hatten ihren Ursprung nicht bei Ferdinand. Bestimmte Gefühle zogen sie mehr und mehr zu Siegfried. Abends im Bett mahnte sie sich zur Ruhe und suchte im Traum die Nähe von Ferdinand.

Wieder hat Katarina etwas mehr Zeit, um sich mit einer interessanten Lektüre zu beschäftigen. Auf dem Schreibtisch liegen die Anekdoten von Aristoteles zum Thema: „Lachen und Humor". Lachen, ja gut überlegt Katarina, das kam schon bei ihr vor. Vor allem dann, wenn sie sich mit ihrer jüngeren Schwester über die Tollpatschigkeit von jungen Burschen aus ihrem Dorf unterhielten, die emsig bestrebt waren, sich bei jeder sich bietenden Gelegenheit mächtig ins Zeug legten, um sie zu küssen. Aber Humor? Das Wort ist ihr völlig fremd. Einen Scherz machte ihre Oma hie da schon, aber nur, wenn sie gut aufgelegt war und das kam selten vor. Wie dieser griechische Philosoph darauf kommt die Frage zu stellen, ob Gott lachen könnte, bleibt mir ein Rätsel. Erstens hat Gott persönlich noch niemand zu Gesicht bekommen und zweitens ist bis heute noch nicht bekannt geworden, ob Gott so zu seinen Menschenkindern spricht, dass er auch von allen verstanden wird. Angeblich soll ja sein unmittelbarer Stellvertreter auf Erden, also der Papst persönlich, mit ihm sprechen können, aber - eben aber!

Wir Christen, überlegt Katarina, sollten uns ja mit dem Lachen und Scherzen sowieso etwas mehr zurückhalten. Schon wegen Jesus Christus zu Liebe, der am Kreuz unter schlimmen Schmerzen sein junges Leben aushauchen musste. Natürlich gibt es bei uns auch Menschen, für die das Christentum nichts anderes ist als ein netter Witz, über den man eigentlich nur lachen kann. In Dörfern trifft man solche Menschen allerdings weniger an, da achtet schon der örtliche Pfarrer darauf, dass solche Ungläubigen nicht zu Wort kommen. Und wenn sie doch anfangen sollten über das Christentum zu lästern, na dafür gibt es ja Gott sei Dank bei der christlichen Kirche Einrichtungen, wo ihnen das Lachen und Scherzen mit Feuer und Schwert ausgetrieben wird.

Selbstverständlich gibt es auch gebildete Menschen, mit denen ich und Ferdinand während unserer gemeinsamen Zeit in Weimar sprachen, für die die christliche Religion in Gänze nicht völlig unsinnig sei. Allerdings wären wohl bestimmte Glaubensdoktrin des Christentums nur mit einem befreienden Lachen und Scherzen zu ertragen. Dazu passt zum Beispiel die unbefleckte Empfängnis und die körperliche Auferstehung von Jesus Christus. Da hätten die angeblich klugen Herren, die sich das ausdachten, doch etwas gründlicher überlegen sollen. Schon um sich das Lachen von anderen Menschen nicht anhören zu müssen. Letztlich kann man ja nicht alle, die solch einen Unsinn ablehnen, über ein reinigendes Feuer von einem Scheiterhaufen direkt in die Hölle zum Satan schicken. Wenn dem so wäre, würde ja das Lachen und Scherzen auf der Erde aussterben. Und das kann Gott ja nicht so gewollt haben. Einmal dahingestellt, ob er selber lachen und scherzen kann.

Sollte man sich nicht zu so einer Einstellung durchringen können, dann bleibt meist ein von Dummheit geprägter Fundamentalismus übrig. Also so eine Art geistloser Fanatismus, was zu sehr gefährlichen Auswüchsen des angeblich göttlichen Glaubens führt und von Gott mit Sicherheit so nicht gewollt wird. Hie und da werden solche Auswüchse durch die Versuche gelindert, das Lachen wieder in den Vordergrund zu rücken. Leider erstickt diese sanfte und befreiende Gabe im menschlichen Verhalten oft im unseligem Leid und quälenden Schmerzen.

Ungewöhnlich laute Geräusche vor der Eingangstür der Bibliothek lenken Katarina von ihren Gedanken ab und mit wachsender Unruhe schaut sie zum Eingang der Bibliothek. Plötzlich wird mit roher Gehalt die Tür aufgestoßen und sechs Soldaten der Leibwache des Bischofs von Erfurt bauen sich schwerbewaffnet und in strammer Haltung am Eingang der Bibliothek auf. Ein kurzes Gedränge in ihren Reihen und Sekunden später wird Jakob nach vorn geschoben. Der richtet sich, Kraft seiner scheinbaren Macht, zur vollen Größe auf und zeigt mit ausgestrecktem Arm demonstrativ auf Katarina, die immer noch unentschlossen darüber, wie sie auf das unberechtigte Eindringen der Soldaten reagieren soll, auf ihrem Stuhl sitzen bleibt. Ein lautes Geschrei erfüllt den großen Raum und bricht sich an den Wänden, so dass man meinen könnte, er wollte nicht aufhören. „Das ist sie, die Hexe! Die Teufelsanbeterin und Gotteslästerin! Sie will alle Männer von der heiligen christlichen Universität mit dem Satan verheiraten. Nehmt sie mit, wir fürchten uns vor ihr und wollen sie so schnell als möglich los sein! Brennen soll sie – lichterloh, so dass der Teufel sie sehen kann und in sein Reich hinabzieht. Los macht schon, bevor sie uns alle verhexen kann!"

Einer der Soldaten packt den kleinen Wichtigtuer am Kragen seiner Jacke, schiebt ihn zum Ausgang und meint ungehalten: „Jetzt halte deine Klappe und verschwinde! Wir haben, was wir wollten! Du hast uns ja geholfen, die Hexe zu entlarven und jetzt verzieh dich." Bei diesen Worten zieht er sein Schwert und geht auf Katarina zu.

So, du Satansbraut, du kommst mit uns mit. Du kannst so bleiben wie du bist. Da wo wir dich jetzt hin verfrachten, brauchen wir nur dich und nichts anderes. Also los, schwing dich auf, sonst muß ich nachhelfen." Katarina schaut ihn kurz an und meint nur, dass er hier nichts zu suchen hat. Kaum sind ihre Worte ausgesprochen, trifft sie die flache Seite seines Schwertes. Blutüberströmt fällt sie zu Boden und rührt sich nicht mehr. Der Wachsoldat winkt sich einen zweiten aus seiner Truppe heran und beide zerren Katarina die Uniform und die Unterwäsche vom Leib. Nackt wie sie ist, stecken sie Katarina in einen mitgebrachten Sack, binden ihn am oberen Ende zu und klemmen sich Katarina unter den Arm. Minuten später ist der Spuk vorbei, als wäre nichts gewesen. Kein Mitarbeiter in der Fakultät wäre auf die Idee gekommen, dass sich vor wenigen Minuten ein schreckliches Verbrechen abspielte.

In den Büros der Fakultät war die Aufregung der Mitarbeiter nicht zu übersehen und das Entsetzen konnte man in ihren Gesichtern absehen. Im Zimmer des Direktors herrsch Sprachlosigkeit. Sie können nicht fassen, dass ein Mitarbeiter ihres Hauses Katarina als Hexe bei der kirchlichen Verwaltung denunzierte. Ein Bediensteter der Fakultät, der das ganze Geschehen mit ansehen musste, ohne helfen zu können, schilderte den Anwesenden das schreckliche Ereignis und auch nicht vergaß darauf hinzuweisen, dass Jakob, also ein Mitarbeiter ihres Hauses, lautstark dafür gesorgt hätte, dass Katarina von den Wachmännern des Bischofs von Erfurt, verpackt in einem Sack, mitgenommen wurde.

Siegfried, der ebenfalls im Büro des Direktors ist, kann es nicht fassen und fühlt so etwas wie Mitschuld in sich aufkommen. Der Direktor nimmt sich ein Herz und bittet Siegfried, trotz der angespannten Situation um seine Mithilfe. „Bitte Siegfried, du wirst umgehend alles Denkbare unternehmen, damit wir schnellstens in Erfahrung bringen wohin Katarina verschleppt wurde. Ihr Leben ist in Gefahr. Verschleppt man sie in ein Frauenkloster, wäre das schon schlimm genug. Ich fürchte allerdings, dass es schlimmer für Kata-rina kommen kann. Beeil dich bitte Siegfried!"

Und sich wieder an alle Anwesenden im Zimmer wendend meint der Direktor - die katholische Kirche hat auch noch einige andere Einrichtungen, aus denen wir Katarina nicht lebend und gesund herausholen können. Ich kann das sowieso nicht verstehen! Angeblich, so erfuhr ich von einem unserer Ärzte, ist die Gräfin von Witzlach vor zwei Tagen gestorben. Bei ihr nahmen die vor Jahren schon festgestellten Knoten in der rechten Brusthälfte rapide an Größe zu, so dass es vermutlich besser gewesen wäre, wir hätten mit einem operativen Eingriff, wie es in Persien schon seit mehr als hundert Jahren praktiziert wird, diese Wucherungen entfernt. Die Kirchenfürsten in Rom sind halt immer noch der Meinung, dass es den Menschen vom christlichen Gott nicht erlaubt sei, einen Mann, eine Frau oder ein Kind mit einem Messer den Leib zu öffnen, um nachzusehen, wie sie innerlich beschaffen sein könnten. Dabei bieten die zerfleischten Körper von Kriegern, Gefangenen oder so genannten Hexen genügend Möglichkeiten, sich auch mal ihre inneren Organe anzusehen. Da hat allerdings der Herr im christlichen Himmel nichts dagegen. Vermutlich wird er dazu auch nicht gefragt. Somit müsste eigentlich die Jagd dieser Gräfin nach Katarina beendet sein. Aber gut, was weiß man schon, wie die Henkersknechte der christlich katholischen Kirche denken und danach natürlich auch handeln.

„Also, Siegfried, deine Aufgabe wird es sein, so schnell als möglich den Aufenthaltsort von Katarina in Erfahrung zu bringen. Nutze unsere Beziehungen die wir haben und lass dich nicht abweisen." Siegfried nickt nur und an seinem Gesicht kann man leicht erkennen, wie sehr er unter dieser Situation leidet.

Zwischenzeitlich haben die beiden Wachsoldaten den scheinbar leblosen Körper von Katarina quer auf einen Maulesel geworfen und mit einem Strick so am Rücken des Tieres festgebunden, damit sie während des Rittes nicht herunterfallen kann. Minuten später ordnet sich der Trupp und reitet im leichten Galopp in Richtung Erfurt. Von Weimar bis nach Erfurt ist es nicht mehr als ein knapper Tagesritt. Noch vor Einbruch der Dunkelheit schließen sich hinter den Wachtruppe des Bischofs die Dommauern. Eine viertel Stunde später überreichen sie den Henkersknechten im Kellerbereich der Inquisition ihre Beute. Ihre Arbeit ist vollbracht und vergnügt reiben sie sich ihre Hände. Der Dank des Bischofs ist ihnen gewiss und eine fette Prämie gibt es auch. Angeblich soll sie die Gräfin von Witzlach bereits an den Bischof bezahlt haben. Von nun an haben andere Männer das Sagen und bei diesen Gedanken läuft den beiden Wachsoldaten ein unangenehmer kalter Schauer über den Rücken. Für sie gibt es nur einen Gedanken, weg von diesen Kellern und denen die darin das Kommando haben.

Ursprünglich wurde die Inquisition ins Leben gerufen, natürlich ohne Gott vorher zu fragen, ob er das für richtig hält, um öffentliche und nichtöffentliche Gerichtsverfahren der katholischen Kirche durchführen zu können. Vordergründig diente es natürlich der skrupellosen Vernichtung von Ungläubigen und so genannten Feinden des christlichen Glaubens. Die da waren: Hexen, Gotteslästerer, Andersgläubige und natürlich die Gottlosen. Die Macht der christlich katholischen Kirche wurde durch die Dummheit vieler Menschen gestützt und gefestigt. Damit in der Praxis des täglichen Lebens der Menschen sich keine Risiken zum Nachteil dieser Machtstruktur unerlaubt entwickeln könnten, war die Gewalt ihrer Wächter. In der Praxis übernahmen das die Soldaten und die Folterknechte der Inquisition.

Für das Foltern von wehrlosen Männern und Frauen, bei Kindern war das eher die Seltenheit, konnte man natürlich keine richtigen Männer gebrauchen, die den scheinbar fairen Kampf zwischen aufrechten Kriegern suchten und natürlich auch so wollten. Nein! für das Foltern von wehrlosen Menschen konnte man nur so genannte Halbmänner gebrauchen, die man im Volksmund als feige Säcke bezeichnete, die kein Gesäß in der Hose haben. Dafür besaßen sie allerdings einen grenzenlosen krankhaften Trieb, wehrlosen Menschen ihre uneingeschränkte Macht zu zeigen und sie skrupellos aus Spaß an der Freude zu quälen. Jedenfalls solange sie noch am Leben waren.

Insbesondere das Quälen verschaffte ihnen die Genugtuung und eine gewisse Anerkennung bei Ihresgleichen. Die Foltermethoden, die durch solche menschlichen Monster, wie den Folterknechten, angewendet wurden, natürlich alles im Namen ihres barmherzigen Gottes, waren derartig abartig, brutal und menschenverachtend, die einem normal denkenden Menschen so nicht in seinen finstersten Träumen begegnen würden. Das Auspeitschen von so genannten Gottlosen war dagegen eine schon fast „alltägliche Behandlung" bei der das Opfer mit Riemen, Peitschen oder auch Ruten stundenlang heftig traktiert wurde. Das Ganze deshalb „alltäglich", weil es auch fanatische Gläubige im Christentum gab, die sich zu bestimmten kirchlichen Anlässen selbst ihren Rücken blutig peitschten. Also das war zum Aushalten. Deutlich brutaler kam das so genannte Brustausreißen zur Anwendung, bei dem weiblichen Beschuldigten von Folterknechten, mit Unterstützung eines dazu gehörigen Werkzeuges, dass man auch zweckdienlich als „Brustreißer" bezeichnete, die Brüste schwer verletze, oder sie völlig vom Oberkörper losriss. Um die entsetzlichen Schmerzensschreie bei der betroffenen Frau noch etwas zu steigern, wurde dieser Brustreißer auch im heißen Zustand eingesetzt. Da Männer eine weibliche Brust nicht besitzen, verwendete man bei ihnen den Brustreißer, um Gliedmaßen oder den Hoden abzureißen. Oder die so genannte „Eiserne Jungfrau", bei der ein Beschuldigter oder eine Beschul-digte in einen Gitterkäfig gesperrt wurde, der in der Innenseite mit verschiebbaren Eisenspitzen ausgestattet wurde. Sollte der Beschul-digte oder die Beschuldigte nicht die Wahrheit sagen wollen, wurden die Eisenspitzen Zentimeter für Zentimeter so lange in seinen Körper gedrückt, bis das Leben in ihm erlosch.

Natürlich kam auch das Ertränken als Foltermethode zur Anwendung, die allerdings auch gern als eine Hinrichtungsmethode angewendet wurde. Das Leid hielt sich meist in Grenzen. Viel schrecklicher hingegen war für den Betroffenen die Würgeschraube. Das Opfer wurde dabei an einem Pfahl festgezurrt und vom Folterknecht wurde ihm mit einer so genannten Würgeschraube systematisch die Luft zum Atmen genommen. Praktisch ein Ersticken auf Zeit. An die Grenzen des Ertragbaren war eine beliebte Foltermethode unter den Folterknechten. Sie nannten sie Judaswiese. Bei dieser Foltermethode saß der Angeklagte nackt auf einer Art Stuhl, dessen Sitzfläche einer Pyramide ähnelte. Die Spitze der Pyramide bohrte sich dabei in das Gesäß des Verdächtigen und führte zu sehr schmerzhaften Verletzungen. Je nach Stimmung und Lust konnte der Folterknecht das Opfer mittels einer Seilwinde anheben und auf die Spitze fallen lassen. Der so gequälte Mann starb mit Sicherheit an den Folgen dieser abartigen Quälerei. Weil das so bekannt war, nahmen sich die Folterknechte bei dieser Methode gern viel Zeit, weil vermutlich die entsetzlichen Schmerzensschreie für sie ein musikalischer Genuss waren. Anders kann man sich das abartige Verhalten von Folterknechten nicht erklären. Würden sie die Schmerzen fühlen können, die sie dem gequälten bewusst zufügen, wäre die Folterei sofort zu Ende. Sie tun es nicht weil sie es müssen, sondern weil sie es so wollen und es genießen. Ebenfalls eine große Freude für die Henkersknechte war das so genannte Pfahl-hängen, das die Schmerzgrenze von Menschen in den meisten Fäl-len   überstieg und deshalb nicht so gern zur Anwendung kam, weil man den Beschuldigten ständig aus der Ohnmacht holen musste, in die sich der gequälte Körper für eine kurze Zeit versuchte zu retten.

Den Schwerthieb eines Soldaten der Leibgarde des Bischofs von Erfurt mit der flachen Schneide seines Schwertes, den Katarina in der Bibliothek der medizinischen Fakultät von Weimar auf ihren Kopf bekam, führte ebenfalls dazu, dass sie ihr Bewusstsein verlor. Splitternackt wie sie aus dem Sack geholt wurde, lag sie auf dem Fußboden der Folterkammer auf dem Gelände des Erfurter Doms und wurde kurzerhand von zwei Folterknechten mit einem Eimer kaltem Wasser übergossen an ihren Armen und Beinen gepackt und auf ein eigenartiges Bettgestell geworfen. Bei den Folterknechten trug dieses Liegebrett den Namen Prokrustesbett. Den Namen findet man in der griechischen Mythologie. Prokrustes war, wenn man den mündlichen Überlieferungen aus der griechischen Mytho-logie glauben möchte, einer der Söhne von Poseidon und von Beruf Räuber. Als solcher soll er ein schlimmer Unhold gewesen sein. Schon allein deshalb, weil er harmlose Wanderer, die in der Nähe seiner Räuberhöhle aufgegriffen wurden zwang, sich auf ein Bett in der Hütte zu legen. Wenn sie zu groß für das Bett waren, hackte er ihnen die Füße ab. Waren sie zu klein, hämmerte und reckte er ihnen die Glieder auseinander, indem er sie auf einem Amboss streckte. Die Strafe für sein bösartiges Handeln folgte ihm aller-dings auf dem Fuß. Prokrustes wurde auf seiner Wanderung nach Athen als letzter der Bösewichte erschlagen.

Für die Folterknechte der Inquisition, insbesondere derer am Sitz des Bischofs im Erfurter Dom, erfüllte dieses Prokrustesbett nicht alle perversen Wünsche, auf die Folterknechte kommen. Einmal sollte dieses Bett dazu dienen, den Trieb ihrer Lendenkräfte zu befriedigen und natürlich dem Delinquenten ein Maximum an Qualen und Schmerzen zuzufügen. Bei der Befriedigung der Lendenkräfte spielte es keine Rolle, ob der Gefangene eine Frau oder ein Mann war. Eine passende Öffnung wurde immer gefunden.

So wie Katarina von den zwei Folterknechten auf das Prokrustesbett geworfen wurde, so lag sie immer noch da. Nackt und ihr Kopf und ihr Gesicht blutverschmiert. Gott sei Dank hatte sich die Platzwunde an ihrem Kopf geschlossen, so dass sie nicht mehr Blut verlor. Natürlich hatten sie die Schergen mit ihren Armen an das Bett gefesselt. Ihre Beine wurden ebenfalls links und rechts am Bett befestigt allerdings so, dass sie dadurch breit gespreizt waren und der Zugang zur Öffnung ihres Unterleibes ungehindert möglich war. Das typische Prokrustesbett wurde zu diesem Zweck so baulich verändert, damit der Folterknecht, der seine Lendenkräfte ab-arbeiten wollte oder falls die bereits zu Ende waren, ersatzweise mit einem passenden Hilfsmittel die Schinderei fortsetzen konnte. Dafür war es unerlässlich, dass sich ein Folterknecht ungehindert einen Zugang zur Körperöffnung am Unterleib des Gefangenen nähern konnte.

Zum wiederholten Male wurde Katarina mit einem Eimer kaltem Wasser übergossen verbunden mit der Erwartungshaltung der Henkersknechte, dass sie wieder in der realen Welt ankommen möge. Wie sollte sie das alles hören können, was ihr die Schergen zubrüllen und warum sollte sie vor lauter Schmerzen sich halbtot schreien, wenn ihr Körper nichts empfinden kann, weil ihre Sinnesorgane abgeschaltet haben. Der Folterkeller ist ja nicht dafür da, dass sich die Delinquenten ausschlafen können. Das hat der liebe Gott jedenfalls so nicht vorgesehen. Der letzte Schwall Wasser reichte aus, um Katarina wieder in die Wirklichkeit zurückzuholen. Mühsam öffnet sie ihre Augen, um zu sehen wo sie ist. Bei dem Bemühen über ihre blutverschmierten Augen zu wischen spürt sie, dass sie ihre Arme nicht frei bewegen kann. Mit leicht verschleiertem Blick kann sie sehen, dass beide Arme am Bett festgebunden wurden und ihre Beine ebenfalls im weit gespreizten Zustand nicht zu bewegen sind. Vor dem so genanntem Prokrustesbett auf dem sie liegt, haben sich sechs Männer aufgebaut, mit nichts anderem bekleidet als einem ledernen Lendenschurz, von denen man sich als Frau wünschen möchte, sie gäbe es gar nicht, um ihnen nicht begegnen zu müssen. Abgesehen von ihren Körpern, die durch sehr breite Schultern, einem dicken Bauch und einem relativ kleinen, haarlosem Kopf geprägt sind, sticht das Gesicht, das man eigentlich nur als eine hässliche Fratze bezeichnen kann, besonders hervor. Katarinas Geist, der mehr und mehr von der Angst eingefangen wird fühlt bereits, dass das Kommende, was die sechs Folterknechte vorhaben, ihren Körper sehr schaden wird. An ihre Gefühlswelt mag sie gar nicht denken.

Katarinas Gedanken sind noch nicht zu Ende, als sich einer der Folterknechte an sie wendet. „Du bist der Hexerei überführt. Deine abfälligen Gotteslästerungen kennen wir auch zur Genüge. Das du dich auch noch mit dem Satan eingelassen hast, ist für uns als treue und gottgläubige Christen kaum zu fassen. Das du ihm eine Heimat in deinem Unterleib geschenkt hast, sprengt bei uns Männern jede Vorstellung. Wir werden uns heute bemühen, unter Einsatz unserer ganzen Manneskraft, ein Gott gefälliges Werk bei dir zu verrichten, um damit den Satan, der sich in deinem Unterleib bereits eingerichtet hat, zu verjagen. Bei den letzten Worten hat bereits einer der Schergen sich der Körperöffnung ihres Unterleibes so genähert und sie schmerzhaft spüren lassen, was und wie sie sich der Verjagung des Teufels aus ihrem Unterleib vor-stellen. Der Körper von Katarina versucht sich dagegen zur Wehr zu setzten - es ist zwecklos! Katarina weiß aus ihrer beruflichen Erfahrung, was unerträgliche Schmerzen für den bedeuten, der sie ertragen muss. Besonders bei den Beinamputationen im Feldlazarett bei Ferdinand konnte sie das hautnah miterleben. Das sie selbst jemals in so eine Situation geraten könnte, das erleiden zu müssen, hatte in ihren Vorstellungen keinen Platz. Ihr ganzer Körper bäumte sich gegen das Grauen auf und ihr Gesicht ist vor Schmerzen völlig entstellt. Die Schreie, die sich aus ihrer Brust lösen, müssen einem krampfhaften Stöhnen weichen, weil der Mund nicht mehr die Kraft hatte, seine Not und Hilflosigkeit hinauszuschreien.

Bei aller Abartigkeit im Denken und Verhalten dieser sechs Schergen könnte man annehmen, dass sie sich damit begnügen ihre Triebe auszutoben und dem Opfer zu zeigen, was ein richtiger Mann sei. Es blieb nicht dabei! Als die Lendenkräfte nicht mehr in der Lage waren, dem Willen ihres Herrn zu folgen, griff man eben zu Hilfsmitteln. Also Knüppel jeglicher Größe und abgebrochene Besenstiele. Im Tagesverlauf brachten es die Schergen damit fertig, den Unterlaib von Katarina zu zerstören. Sollten bei Katarina erkennbare Anzeichen auftreten, sie könnte sich in eine Ohnmacht flüchten, wurden an ihren Brüsten und ihrem Bauch, mit einem rotglühenden Eisen, Brandzeichen eingebrannt. Die entsetzlichen Qualen und Schmerzen kannten für Katarina keine Grenzen und ließen die Folterknechte im Freudentaumel herumlaufen. Schließlich wurden Wetten unter ihnen abgeschlossen, wer ihr wohl die grässlichsten Schmerzen zufügen könnte.

Dass das Katarinas Körper nicht mehr lange ertragen würde, war diesen Folterknechten bewusst. Umso mehr galt es, die verbleibende Zeit, in der sie Schmerzen noch fühlen würde zu nutzen, sie das spüren zu lassen was sie ja auch sollte. Gegen Abend konnten sie, trotz aller abartigsten Foltermethoden, nichts mehr erreichen, um Katarina aus der Bewusstlosigkeit in die Wirklichkeit zu holen.

Kurzentschlossen einigten sie sich darauf, die Hexe über Nacht vorerst noch dem Satan zu überlassen und mit Gottes Hilfe morgen Früh neu zu beginnen, den Teufel aus Katarinas Körper auszutreiben. Die Anordnung der Gräfin von Witzlach war unmissverständlich. Katarina sollte bis zur letzten Minute ihres Lebens vor Schmerzen schreinern. Möglicherweise wurde sie zu diesem abartigen Verhalten durch ihre eigene äußerst schmerzhafte Krankheit getrieben. Die schnell wachsenden Knoten in ihrer Brust waren alles andere als angenehm. Opium linderte zwar die Schmerzen, aber das was blieb war immer noch schlimm genug. Auch die Hilflosigkeit der Ärzte sagten ihr, dass ihr Leben nur noch an einem seidenem Faden hing. Auf die Idee, dass sie doch als treuergebene Christin einmal im Himmel leben wird, kam sie nicht. Vermutlich wusste sie, was es mit dem so genannten christlichen Gott in Wahrheit auf sich hat und warum und zu wessen Nutzen er aus der Zauberkiste geholt wurde.

Zwischenzeitlich hat sich Siegfried auf den Weg gemacht, um alles zu unternehmen, damit er Katarina wieder in die Obhut der medizinischen Fakultät zurückbringen kann. Er hat die mahnenden Worte seines Direktors noch gut im Ohr und weiß, dass die Zeit drängt. Er braucht machtvolle Hilfe, wenn er nicht als hilfloser Bittsteller auf-treten möchte. Bei einem kurzen Gespräch mit dem Geistlichen der Universität erfährt er auf seine drängenden Fragen bezüglich Katarina, dass sie vermutlich in die Räume der Inquisition gebracht wurde. Und der zuständige Ort dafür wäre mit großer Sicherheit für das Land Thüringen seiner Kenntnis nach der Amtssitz des Bischofs am Erfurter Dom. Gänzlich sicher wäre er sich nicht, aber ein anderer Ort käme wohl kaum dafür in Betracht. Damit stand für Siegfried fest, wo er Katarina suchen muß. Allein zu Pferd würde dem Unternehmen mit Sicherheit keinen Erfolg bringen. Da fiel in Gott sei Dank ein, dass die Universität eine eigene Kutsche hat, um einen Arzt aus der medizinischen Fakultät möglichst umgehend dorthin fahren zu können, wo dringend Hilfe gebraucht wird. Das Gespräch mit einem der Kutscher der Universität war nur noch reine Formsache. Als Siegfried dem Kutscher das Ziel ihrer eiligen Reise nannte, spannte er vorsorglich alle sechs Pferde ein, so dass sie die lange Strecke leicht durchhalten würden ohne zu ermüden. Vorerst bittet Siegfried ihn zur Garnison der Preußischen Kavallerie zu fahren, um eine machtvolle Unterstüt-zung für sein Vorhaben zu erhalten. Durch die Stadt muss sich der Kutscher relativ langsam mit seinen Pferden bewegen, um keinen Menschen zu überfahren. Dafür werden sie bei der Ankunft am Kasernentor der Garnison nicht aufgehalten. Als die Soldaten an der Kutsche das Wappen der Universität von Weimar erkennen und sehen wer sie besuchen möchte, wird die Kutsche ohne Kontrolle weitergewunken. Ärzte sind für die Soldaten natürlich keine Götter, dass ist klar! Dafür helfen sie den verwundeten Soldaten, was man von einem Gott im Himmel trotz flehentlicher Rufe noch nicht erlebte.

Ohne großes Zeremoniell wird Siegfried zum Kommandanten vorgelassen und der weiß, was er den Ärzten schuldig ist. Siegfried bekommt einen schwerbewaffneten Trupp von zwanzig ausgesuchten Elitesoldaten aus der Preußischen Kavallerie und der Leutnant dieser Truppe verspricht ihm, dass auch keine göttliche Figur in irgend einem Himmel oder möglicherweise sein Stellvertreter auf Erden ihn und seine Soldaten aufhalten könnte, die gesuchte Krankenschwester Katarina wieder in die Obhut der Universität in Weimar zu bringen. Siegfried umarmt den Leutnant und dankt allen Soldaten für ihre Hilfe. Eine knappe Stunde später reitet der Trupp, angeführt von der sechsspännigen Kutsche los, um das Reisetempo der schnellen Reitertruppe an die langsamere Geschwindigkeit einer Kutsche anzupassen.

Die Dunkelheit des Abendhimmels bricht zwar schon herein, was die Soldaten allerdings nicht aufhält ihren Weg nach Erfurt fortzusetzen. Im anbrechendem Morgenlicht der aufgehenden Sonne erreichen sie den Eingang vom Dom in Erfurt, halten sich mit den geforderten Formalitäten erst gar nicht groß auf und fordern die umstehenden Mönche auf, ihnen sofort den Weg zum Keller der Inquisition zu zeigen. Minuten später treten zwei kräftige Soldaten mit ihren Stiefeln an den Füßen die Türe zu diesem Kellerverließ auf und stürmen mit aufgepflanztem Bajonett an ihren Gewehren in den Raum hinein.

Der Leutnant der Truppe tritt kurz vor seine Mannschaft und fordert einen der Henkersknechte ultimativ auf, ihm sofort die Krankenschwester Katarina zu übergeben, die vor Tagen unrechtmäßig hier eingeliefert wurde. Der so angesprochene hebt kurz seinen kleinen haarlosen Kopf und meint: „Hier in dieser heiligen Halle der göttlichen Inquisition bestimmt einzig und allein der Herr im Himmel. In besonderen Ausnahmefällen vielleicht sein Stellvertreter auf Erden, der Bischof von Erfurt. Er kann sich ja von ihm ein Bewilligungsschreiben ausfertigen lassen, damit sein Antrag auf Freilassung der Gefangenen Katarina möglicherweise erfüllt weren könnte. Etwas mürrischer meinte er noch, dass es dafür wenig Aussichten gäbe und es wird einige Zeit brauchen. Der Bischof ist sehr beschäftigt!"

Der Leutnant schaut diesen Glatzkopf unmissverständlich an und sagt im Kommandoton: „Er werde jetzt bis zehn zählen, wenn ihm danach die Krankenschwester Katarina nicht sofort ausgehändigt würde, hätte das für die sechs Folterknechte hier im Raum äußerst unangenehme und nachhaltige Konsequenzen."

Ein anderer Glatzkopf aus der sechsköpfigen Foltertruppe meint mürrisch, dass er, also der Leutnant, zählen könne bis er schwarz wird. Hier in diesem Raum bestimmt nur einer und das ist der Herr im Himmel. Unbeeindruckt davon zählt der Leutnant weiter bis zur Zahl Zehn. Als er diese Zahl erreichte, geschehen zwei Dinge. Erst treten sechs Kavalleristen vor und legen zielgerichtet ihre Gewehre auf die sechs Folterknechte an. Als die immer noch keine Anstalten machten Katarina zu übergeben, fallen krachend sechs Schüsse mit der Folge, dass die sechs glatzköpfigen Folterknechte wie vom Blitz getroffen zu Boden stürzen und sich in ihrem Blut wälzen. Kaum ist das geschehen, läuft Siegfried von einem gefolterten Menschen zum andern, bis ein erlösender Schrei durch den Raum hallt. „Schnell! Hier ist sie!" Ruft er einem Soldaten zu. „Bringt die Liege und ein paar Decken her. Zwischenzeitlich überprüft er behutsam Katarinas Puls und ihre Atmung. Das Ergebnis ist mehr als beunruhigend. Als er dann noch ihren schwer verletzen Körper sieht und ihm auch nicht entgeht, das Blut aus ihrer Scheide fließt, erstarrt sein Gesicht zu einer hilflosen Maske."

Minuten später wird Katarina auf einer Tragbahre liegend in die Kutsche gebracht und dort von vier Soldaten so gehalten, damit harte Stöße während der Fahrt nicht auf Katarinas übertragen werden. Zehn Minuten später verlässt die Kutsche in Begleitung der Soldaten das Gelände des Erfurter Doms und fährt, so eilig es geht und für Katarina zumutbar ist, in Richtung Weimar.

Der Einbruch der Dunkelheit lässt noch eine Weile auf sich warten, als die Kutsche und ihre Begleitung völlig erschöpft vor dem Eingang der medizinischen Fakultät ankommt. Minuten später stürmen Angestellte und der Direktor der Fakultät auf die Soldaten und Siegfried zu und gratulieren allen zu diesem Erfolg. Katarina wird sofort von zwei Angestellten in ein medizinisches Behandlungszimmer der Fakultät getragen. Siegfried ruft ihnen noch nach, dass er sich selbst um sie kümmern wird.

Der Direktor der medizinischen Akademie dankt dem Leutnant und seinen Soldaten, ohne deren mutigen Einsatz es nicht möglich gewesen wäre, Katarina aus den Klauen der Inquisition zu befreien. In der Mensa der Fakultät sollten sie sich jetzt erstmal bei einem opulenten Abendbrot stärken und zur Ruhe kommen, bevor sie wieder in ihre Garnison zurückreiten würden. Auch Siegried lässt sich das nich zweimal sagen, trotz der Sorgen um Katarina, die ihn nicht zur Ruhe kommen lassen. Auch die Pferde müssen versorgt werden. Sie haben wirklich außergewöhnliches geleistet. Der Kutscher weiß das. Seine Arbeit gilt erst den Pferden und dann kommt sein Hunger dran.

Siegfried steht ein schwerer Gang bevor. Der schwerste, den er in seinem Leben erleiden musste. Es graut ihn davor und alle Fasern seines Körpers sträuben sich dagegen. Nicht weil es schlimm um Katarina bestellt ist, sondern weil er weiß und fühlen kann, das es wohl kein Mittel geben wird, ihren zermarterten Körper vor dem Tod ihres noch jungen Leben zu bewahren. Als er nach dem Essen das Krankenzimmer betritt und Katarina mit blass im Gesicht und mit geschlossenen Augen auf dem Bett liegen sieht, braucht er seinen Direktor nicht zu fragen wie es ihr geht. Sein tränennasses Gesicht spricht Bände.

„Es tut mir so unendlich leid, Siegfried. Was die Schergen Gottes Katarina in brutalster Weise angetan haben, sprengt alle Vorstellungen eines normal denkenden Menschen. Für einen Arzt ist das, was er sehen muß, unerträglich. Katarina verliert weiterhin viel Blut, das wir nicht unterbinden können. Wir werden ihr Leben nicht retten können, Siegfried! Die Zerstörung ihres Körpers ist zu groß " „Ich weiß! Würden sie mich mit Katarina allein lassen? Ich werde die Nacht über bei ihr bleiben." „Ich bin damit einverstanden, Siegfried! Solltest du Hilfe brauchen, dann melde dich bitte bei der Nachtwache hier im Haus! Gute Nacht, Siegfried und ich wünsche Katarina nichts sehnlicher, als das sie in eine Welt eingehen möge, in der die Liebe und nur die Liebe für die Menschen da sein sollte.

Mit gesenktem Kopf und hängenden Schultern verlässt der Direktor das Krankenzimmer und schließt leise hinter sich die Tür. Eine Stunde lang geschieht im Krankenzimmer nichts, Siegfried sitzt auf dem Bett an Katarinas Seite und hält ihre Hand. Er fühlt, wie das Leben langsam aus ihrem Körper schwindet. Es fühlt sich zögerlich an. So, als wollte es noch nicht diesen Weg gehen müssen. Langsam legt er ihre Hand sachte zur Seite und geht zu einem massiven Wandschrank, um sich eine kleine Flasche zu nehmen. Er weiß, dass dieses Medikament darin innerhalb kurzer Zeit behutsam den Tod herbeiführt. Er öffnet vorsichtig die Flasche und trinkt sie mit einem Zug leer. Nachdem er die leere Flasche wieder an seinen Platz gestellt hat, geht er langsam auf das Bett zu und zieht sich aus. Bekleidet mit einem losem Unterhemd und einer kurzen Unterhose rückt er behutsam Katarina etwas beiseite und legt sich zu ihr. Seine Hände heben vorsichtig ihren Kopf und legen ihn behutsam auf seine Brust. Sein tränennasses Gesicht berührt ihre weichen lockigen Haare und aus seinem mühsam atmenden Oberkörper löst sich ein lautloser, gedanklicher Ruf zu dem göttlichen Herrn im Himmel. „Gott, wie kannst du das zulassen? Wie kannst du so eine Ungerechtigkeit dulden, der du doch die Macht über alles Lebende besitzt? Oder gibt es dich so überhaupt nicht? Wollen nur seine so genannten Stellvertreter auf Erden, dass wir daran glauben sollen, damit sie ihre krankhaft gierigen Machttriebe verwirklichen kön-nen?"

Spürbar verlassen Siegfried die körperlichen und geistigen Kräfte. Er fühlt, dass das Mittel zu wirken beginnt. Er weiß, dass er sterben wird und eine Welt verlässt, in der er nicht länger leben möchte. Denkende körperliche Lebewesen der höheren geistigen Ordnung, zu der die Menschen ja gehören, die ihre eigene Art auf die denkbar grausamste Art und Weise sowohl in Kriegen, als auch in ihren sonstigen Verhaltensweisen, wegen völlig absurden geldgierigen Machtkämpfen abschlachten, Kinder verhungern lassen und ihre Umwelt rücksichtslos auf die erbärmlichste Art und Weise vernichten, handeln in einer nicht nachvollziehbaren Dummheit, bei der sie zweifelsohne die Verlierer sein werden. Am Ende ihrer relativ kurzen Existenz auf dem Planeten Erde werden sie möglicherweise zum Konjunktiv greifen und mit vergehender Stimme flüstern: „Hätten wir doch!" Das mag zwar im gewissen Sinne einsichtig sein, ändern wird es an der Situation der Menschheit nichts. Was vielleicht bleiben wird, ist der Schrei zu Gott. Der verhallt in den unendlichen Weiten des Universums und eine Schöpfung kümmert sich nicht um einen kleinen Planeten in der Nähe einer gelben Sonne am Rande der Milchstraße. Warum auch?

Siegfried nimmt Katarina behutsam in seine Arme und fühlt die Liebe, die sie auch auf den Weg in den Tod verbinden wird. Morgen werden sie liebgewonnene Freunde in einem Grab beerdigen, wo sie ihren ewigen Frieden finden werden.

Katarinas sterbender Körper nähert sich dem Tod, der vermutlich schon darauf wartet, sie in seine Arme nehmen zu können. Die wenige Luft, die nur mühsam einen Weg in ihre Lunge findet, lässt sie langsam zwischen dem Tod und dem Leben dahinschweben. Ihr Herz schreit vor Schmerzen, denn es braucht die Luft um Leben zu können, und es will mit ihr so gern zusammen bleiben, auch wenn das Leben nicht immer nur rosige Zeiten hatte. Weinend und mit einem letzten kraftlosen Schlag bleibt es für immer bewegungslos stehen.

Für Katarinas Bewusstsein ist es nun Zeit, in eine andere Welt zu gehen, in der sie endlich Liebe und Frieden finden wird. Langsam, und mit einem letzten Blick auf ihren leblosen Körper, der von Siegfried fest umschlungen ist, schwebt sie nach oben zur Zimmerdecke. Still ist es im Raum geworden und der Gevatter Tod verlässt den Ort des Geschehens, seine Arbeit ist ja vollbracht.

Eine unbändige, hoffnungsvolle Kraft beginnt Katarinas Bewusstsein in eine geistige Welt zu ziehen. Sie kann sich nicht dagegen wehren, und will es auch nicht. Ein helles Licht kommt schnell auf sie zu und umhüllt sie mit seinen warmen Strahlen. Liebevolle, freundliche und beruhigende Gedanken strömen vorsichtig und behutsam auf sie ein und betten sie in einen erholsamen Schlaf.

Eine Weile wird sie sich wohl auf Siegfrieds Kommen gedulden müssen, aber was ist schon Zeit, wenn sie beide auf das gemeinsame Glück in der Ewigkeit des „Seins" etwas warten müssen.

Ein Wiedersehen mit Ferdinand

Die Rosenknospe gab sie mir, ein weh Lebwohl klang nach, ich wollte Lächeln, als ich ihr dafür ein Lied versprach.

Ihr stand ein Tränchen im Gesicht, und lächeln wollte sie auch; doch lächelten wir beide nicht, das ist so Abschiedsbrauch.

Jetzt lächel ich in einem fort, und ihr ist nicht mehr weh; die Rosenknospe ist verdorrt, das Lied ist aus - juchhee!

Richard Fedor Leopold Dehmel

Sterben dürfen ist dann eine Erlösung, wenn das Grauen sich aufmacht den Leidenden zu umfassen.

Dietmar Dressel

Katarinas Bewusstsein bemüht sich mit wachsender Aufmerksamkeit ihre neue Welt zu erfassen. Ihr Schlaf war nach kosmischem Zeitgefühl eher kurz. Auf die Zeitrechnung der Erde umgerechnet wohl eher eine kleine Ewigkeit. Noch weiß sie nicht so recht, wo sie eigentlich in dieser kosmischen Weite des Universums sein könnte, als sich unverhofft ihre innere Stimme meldet.

„Willkommen, liebste Katarina, in deiner neuen Welt. Sie existiert nicht wie ein materielles Universum, mit all seinen Galaxien, Sonnen, Planeten, schwarzen Löchern und dunkler Materie. Es ist eine universelle Welt ohne all diesen Himmelskörpern, wie du sie in deinem Leben auf der Erde am nächtlichen Himmel beobachten konntest. In unserer geistigen Welt existiert nur die Kraft der Liebe und der Vernunft. Aber was rede ich? An deinen Gedanken kann ich erkennen, dass du die Nähe von Ferdinand suchst, um endlich für immer mit ihm beisammen zu sein. Da fällt mir der Satz eines recht bekannten Philosophen der Erde ein: „Geduld ist das Wichtigste, was zu lernen sich lohnt". Das wird eine deiner ersten Aufgaben sein. Und das „Wo" du bist und wie du mit Ferdinand und vielen anderen Geistwesen in diesem „Wo" leben wirst, wird dir bald kein Geheimnis mehr sein. Glaube mir, liebe Katarina, ich weiß was ich sage." „Wieso kann ich dich verstehn, mit dir reden und vermutlich dich auch fühlen können, ohne dass ich einen Körper habe. Der liegt gemeinsam mit Siegfrieds Körper in einem Grab in Weimar?" „Deine Frage kann ich leicht verständlich für dich beantworten. Hör zu!"

Alle denkenden körperlichen Lebewesen der höheren geistigen Ordnung verfügen über so genannte Sinnesorgane. Bei der Spezies Menschen, die zur dieser Gattung gehört, sind das die Ohren, die Augen, die Nase und die Tastorgane um das wahrzunehmen, was für ihr körperliches Leben von existenzieller Bedeutung ist. Nur so als Beispiel! Ohne Ohren kann ein Mensch nichts hören, ohne Augen nichts sehen und so weiter. Als Geistwesen verfügen wir ja nicht über einen materiellen Körper. Haben also auch keine Sinnesorgane. Alles was wir für unser geistiges Leben benötigen wird durch energetische Prozesse in unserem Bewusstsein gesteuert. Vergleichen kannst du das, auch wenn der Vergleich etwas holprig erscheint, mit den Träumen, die Menschen auf der Erde nachts im Schlaf erleben. Sie können alles hören, verstehen, sehen und fühlen, obwohl sie in einem Bett schlafen. Diese Prozesse spielen sich auf energetischer Basis in ihrem Bewusstsein ab.

„Ja gut, meine liebe innere Stimme, das habe ich schon so leidlich verstanden und bin froh darüber, dass es so ist. Dadurch wird mir bestimmt viel erspart bleiben. Ich werde ohne meinen Körper bestimmt auch kein Hungergefühl bekommen, weil ich ja nicht essen und nichts trinken muss. Was ich nicht verstehe, meine liebe innere Stimme ist, wieso die Menschen auf der Erde, natürlich nicht alle, so furchtbar grausam, gierig, hasserfüllt und machtgierig sind, obwohl doch für alle genügend Platz ist, um vernünftig leben zu können? Weißt du darauf eine Antwort?" „Auch das kann ich dir beantworten, liebe Katarina.

Es ist die Dummheit, die bei vielen Menschen das Denken und das daraus resultierende Verhalten bestimmt, obwohl sie nicht unwissend sind. Ich meine damit, dass es einen Unterschied gibt zwischen Dummheit und Unwissenheit. Ein dummer Mensch kann durchaus ein gebildeter Mensch sein. Das bedeutet in sich keinen Widerspruch. Etwas konkreter beurteilt ist die den Menschen anhaftende Dummheit eine mangelhafte Fähigkeit, aus ihren täglichen Wahrnehmungen die richtigen Schlussfolgerungen für sich selbst zu ziehen oder sich wenigstens bemühen sie annehmen zu wollen. Dieser scheinbar kognitive Zustand beruht teilweise auf einen hohem Maß an Unkenntnis von sozial gesellschaftlichen Tatsachen, die zur Gesamtbildung eines Urteils erforderlich sind, teils auf mangelhafter Intelligenz oder der fehlenden konsequenten Schulung des Geistes. Natürlich ist eine gewisse Trägheit und Schwerfälligkeit, gewollt oder ungewollt, im Auffassungsvermögen beziehungsweise der Langsamkeit bei der Kombination der zur Verfügung stehenden Fakten bei Menschen, die von der Dummheit eingefangen sind, auch zu beobachten.

Kurz gefasst ist die Dummheit auch der Mangel an Urteilskraft, das eigene Denken und das daraus resultierende Handeln in den Grundsätzen der Moral und Ethik einzuordnen. Wenn dem nicht so wäre, liebe Katarina, gäbe es, nur so als Beispiel, keine Kriege.

Zur Dummheit kann man Menschen auch erziehen. Natürlich nicht alle, aber viele wenn es notwendig sein sollte. Ich nehme bewusst darauf Bezug, weil sich ein kleiner aber erlesener Kreis aus dem Herrscherkreis der christlich katholischen Kirche sich in den letzten zweitausend Jahren genau das zum Ziel setzte. Damit meine ich die absolute Verdummung ihrer Gläubigen. Der Erfolg ihrer konsequenten Bemühungen ist nicht zu übersehen. Im Namen eines selbst erschaffenen Gottes gelang es ihnen mit massiver Unterstützung der Dummheit bei ihren Glaubensanhängern, die Macht in ihren Händen zu konzentrieren, große Vermögenswerte mit brachialer Gewalt anzuhäufen und das Heer iher Gläubigen ergebnisorientiert zu vergrößern.

Damit das auch erfolgversprechend umgesetzt werden konnte, wurden erbarmungslos viele unschuldige Menschen ausgeraubt, abgeschlachtet oder zum Krüppel geschlagen. Ohne der Dummheit ihrer Erfüllungsgehilfen und Glaubensanhängern wäre so ein abartiges Verhalten bei vielen Menmschen nicht zu erreichen.

Die menschliche Geschichte, liebe Katarina, kennt allerdings auch viele Menschen, die es strikt ablehnen, sich von der Dummheit einfangen zu lassen. Schon vor mehr als dreitausend Jahren, also in den Anfängen der Entwicklung der jüdischen Glaubensgemeinschaft, war es trotz des noch mangelnden Wissenstandes der damaligen Menschheit für die Glaubensanhänger des beginnenden Judentums wichtig, sich damit geistig zu beschäftigen sich Wissen anzueignen. Sie waren schon zu dieser Zeit davon überzeugt, dass das der eigentliche Zweck von denkenden körperlichen Lebewesen der höheren Ordnung sein wird und nicht die Völlerei und das Streben nach Macht und Reichtum. Maßlose Gier nach Macht und Gewaltherrschaft des Kapitals führt in einem geschlossenem System, wie das die Erde ist, zu extremen Verwerfungen seiner klimatischen Umwelt, die Lebewesen, gleich welcher Art, nicht überleben werden.

Noch einen Satz dazu und dann soll es zum eigentlichem Zweck des Lebens von körperlich denkenden Lebewesen der höheren geistigen Ordnung vorerst gedanklich reichen. Ich denke, wir werden uns über diese grundsätzliche Problematik bestimmt noch mit anderen Geistwesen unterhalten.

Der Zweck des Lebens von Männern, Frauen und Kindern der höheren geistigen Ordnung ist das Leben selbst, das sie nach ihren individuellen Vorstellungen, Grundsätzen und Entscheidungen führen. Nicht weil sie das so müssen, sondern weil das jeder für sich so will. So bereitet sich jeder in seinem Sinne darauf vor. Und wenn die Zeit dafür gekommen ist, dass materielle Leben verlassen zu müssen und jeder alles getan hat für die geistige Entwicklung seines Bewusstsein, so wird er nach seinem körperlichen Tod seinen Weg in eine andere Welt gehen, den er durch sein eigenes Leben, zum Beispiel als Mensch, auf der Erde, bestimmt hat.

So jetzt aber Schluss damit. „Was drückt dich noch, liebe Katarina, und wie kann ich dir dabei helfen?" „Zu dem, was du mir erzähltest, verstand ich nur die Hälfte. Aber gut, ich habe ja Zeit und werde dich und andere Geistwesen schon fragen, bis mir das alles etwas bewusster wird. Jetzt ist für mich wichtig, wie ich Ferdinand in dieser unendlichen Weite finden kann. Hast du dafür einen Rat, der meiner Sehnsucht und meiner unendlichen Liebe zu Ferdinand helfen kann?" „Was soll ich dazu sagen, liebe Katarina? Über Geduld haben wir beide ja schon gesprochen. Bleib da, wo du jetzt bist und schicke deine Gedanken zu Ferdinand. Glaube mir, er wird sie fühlen können und dabei wissen, wo du bist."

Leise, wie ein wehender Lufthauch, verlässt Katarinas innere Stimme ihr Bewusstsein und lässt sie mit ihren sehnsüchtigen Gefühlen allein.

Katarina ist immer noch mental damit beschäftigt, ihre aufgewühlten Gedanken zu ordnen und sich in Geduld zu üben, als sie plötzlich zwei Hände auf ihren Schultern spüren kann, die sich bedachtsam auf sie legen. So, als würde er sie niemals wieder loslassen wollen. Katarina zuckt leicht zusammen, nicht ängstlich eher wissend. So, als ob sie diesen Griff der Hände sehr gut kennen würde.

Kann es in dieser kurzen Zeit möglich sein, dass Ferdinand bei ihr sein könnte? Denkt sie voller Zweifel. Das Fühlen seiner Hände liegt ja viele Jahre zurück und war auf der Erde und nicht hier in einer unbekannten geistigen Welt. Eigentlich kann das, was sie auf ihren Schultern spürt, nur ein Traum sein - aber es fühlt sich so wirklich an.

Langsam und ganz behutsam, so als ob sie ihren eigenen Gefühlen nicht recht trauen wollte, beginnt sich ihr Kopf vorsichtig seitwärts zu drehen. Einen kleinen Augenblick später wird ihre Gefühlswelt völlig verändert.

Vor ihr öffnet sich ein Blickfeld, das nur noch von zwei blauen verweinten und doch sehr, sehr glücklich strahlenden Augen vollständig ausgefüllt wird.

Behutsam fühlen sich das Bewusstsein von Katarina und Ferdinand zusammen und fallen leise in einen Weinkrampf, der alle Sehnsüchte, Ängste und die unendliche Freude am Wiedersehen in sich vereint. Lange Zeit halten sie sich fest umschlungen, damit sie keine Kraft der Welt voneinander trennen kann. Zart und behutsam berühren sich ihre Lippen und sie fühlen ihre innige Liebe zueinander, die so lange darauf warten musste, bis sie für immer zusammen sein können.

Nach geraumer Zeit treffen sich wieder ihre Blicke. Eine tiefe Freude über ihr Wiedersehen entspannt ihre Gesichter und macht einem befreienden Lächeln Platz. Fragend schaut sie ihn an und meint: „Wo, mein lieber Schatz, werden wir unsere Hochzeit nachholen können, die wir ja eigentlich auf der Erde feiern wollten?"

„Das, liebe Katarina, dürfte in dieser Welt, in der wir jetzt leben werden, nicht ganz einfach zu lösen sein Feierlichkeiten so zu organisieren und so zu feiern, wie wir sie auf der Erde gewöhnt sind. Alles Leben, das habe ich bereits lernen können, geschieht hier auf geistiger Basis. Es wird wohl noch einige Zeit brauchen, bis wir beide das richtig verstehen können und danach handeln werden. Und damit komme ich wieder auf deine Frage zurück. Für das „Wo" habe ich vielleicht eine Idee und für das „Wie" fällt uns bestimmt noch eine Lösung ein.

Bei diesen Worten nimmt Ferdinand seine liebe Katarina an der Hand und schwebt mit ihr in die Weiten des geistigen Universums. Katarina weiß nicht, wieviel Zeit verging bis Ferdinand mit seiner freien Hand auf einen hellen, rosafarbigen Lichtfleck zeigte.

Wie ich an den vielen Gedanken erkennen kann, liebe Katarina, die auf uns einströmen, werden wir bereits von vielen Geistwesen erwartet, die uns beide feierlich in die Arme nehmen und uns helfen werden, in der neuen Welt, im Universum der Liebe, nicht nur zu feiern, sondern auch frei von Angst und Gewalt zu leben.

Der Autor

Es kommt die Zeit, da rückt das 65. Lebensjahr in greifbare Nähe - endlich - denkt man erleichtert - in Pension. Soweit so gut! Es dauert nicht lang, und man feiert im Kreise der Familie den 66. Geburtstag und stellt dabei mit zunehmender Ungeduld fest, dass so ein Tag, mit seinen 24 Stunden, ziemlich lang sein kann.

Familie, Enkelkinder, Faulenzen, Reisen und gelegentliche botanische Experimente bei der Gartenarbeit reichen nicht mehr aus, um den Tag ein interessantes Gesicht zu geben - was tun? An dieser Frage kommt man nicht mehr vorbei, möchte man nicht den Rest seines Lebens auf der Couch und vorm Fernseher verdösen. Warum, so fragte ich mich, die vielen Gedanken und Ideen, die sich im Laufe eines Lebens gesammelt haben überdenken und - so möglich, schriftlich verarbeiten. Kaum sind solche Gedanken zu Ende gedacht, entwickelt sich dafür die notwendige Initiative - ein Literaturstudium muss her, denkt sich der Kopf, ohne an den Körper zu denken, der ist ja bereits 66 Jahre alt. Diese drei Studienjahre waren es, die mir zeigten, dass das kreative Schreiben kein dunkles Geheimnis bleiben muss, so man sich bemüht es zu lüften. Und noch etwas half mir sehr, das Schreiben ernsthaft anzupacken - das geistige in sich "Hineinhören" um mit dem Bewusstsein und seiner inneren Stimme Gespräche zu suchen. Viele meiner Bekannten und Leser fragen mich, wie machst du das, in so kurzer Zeit so viele Bücher zu schreiben? Ehrlich gesagt, ich kann mir diese scheinbar einfache Frage nicht mal selbst beantworten. Ich glaube, es ist meine innere Stimme, die ständig mit mir diskutieren möchte. Und so fließen die Gedanken, wie von Geisterhand gelenkt, schon fast von allein in die Tastatur meines Computers.

Meiner Frau, meinen Kindern und Enkelkindern habe ich viel zu verdanken. Sie geben mir die Kraft und die Ruhe um zu schreiben. Und das ist es, natürlich nicht nur, was meine Gedanken, mein Bewusstsein und mein Weltbild nachhaltig so wohltuend inhaltsreich beeinflusst.

Das, was ich schreibe ist möglicherweise nicht immer leicht zu verdauen, soll auch nicht so sein. Ich möchte auch nicht der "Besserwisser" sein, oder Derjenige, der alles richtig und wahrhaftig beurteilt. Beileibe nicht - wirklich nicht, ganz ernstlich!!! Wenn es mir in meinen Romanen mit seinen unterschiedlichen Themen und Inhalten gelänge, Nachdenklichkeit zu wecken, aus der sich möglicherweise Fragen entwickeln, wäre ich ein glücklicher Schreiberling und Autor.

Denn sie sind es doch, die helfen, dass wir uns weiter entwickeln können. Und wer will schon in seinem Leben auf der Stelle treten? Das glaube ich auch nicht!

Bücher mit Inhalten wie bei Noah Gordon, (der Medicus) und Jostein Gaarder (Sofies Welt) beflügeln meinen Geist. Eigentlich bin ich ein typischer Zahlenmensch - beruflich geprägt, und liebe das Rationale - natürlich nicht nur! Was mich selbstverständlich nicht davon abhält, die Tiefen meiner Seele zu ergründen, das Glück und den Schmerz meines Herzens mit allen Fasern zu fühlen, und der sehr, sehr leisen Stimme des Bewusstseins, wenn die Zeit dafür da ist, zuzuhören.

www.dietmardressel.de

**Mehr Informationen unter
BoD Verlag**

Der Roman - „Eine Sprengmine zwischen Aufbruch und Freiheit" ist der zweite Teil aus der Reihe: „Gefährliche Wege in die Freiheit"

Die Bundesrepublik Deutschland, inmitten Europas, erlebt seit vielen Jahren, wie andere Staaten in diesem Erdteil auch, Frieden, Wohlstand und die Freiheit der Gedanken. Was man vom anderen Teil Deutschlands, der DDR, nicht sagen kann. Direkt im Krieg ist sie nicht, aber das Land ist für seine Größe aufgerüstet und mental auf Krieg eingestimmt, schlimmer als eine Großmacht.

Noch bedauernswerter ist der Zustand der Bevölkerung. Es herrscht Mangel an allem was die Menschen brauchen, und die friedlich etwas ändern wollen, oder voller Verzweiflung das Land verlassen möchten, werden entweder unmenschlich eingesperrt, gefoltert und gequält oder durch Selbstschussanlagen, Minenfelder und Salven aus Maschinenpistolen getötet, zerfetzt oder schwer verletzt und verstümmelt.

Wenn in diesem Buch nicht ab und zu Seiten zu lesen wären, die dem Leser ein wenig Entspannung ins Gesicht zaubern, würden sie die eigenen Tränen fast ersticken, und die Schmerzen die sie mitfühlen, an den Rand der Verzweiflung bringen. Es fällt einem schwer, das alles beim Lesen zu ertragen, aber noch schwerer ist es, das Buch aus der Hand zu legen. Lesen sie im dritten Teil dieser Trilogie, „Das Leben in der freien Welt", was aus den beiden Familien im Land der Freiheit geworden ist und wie es ihnen gelingt, ihre ehemaligen, skrupellosen Peiniger aus der DDR zu jagen.

www.dietmardressel.de

**Mehr Informationen unter
BoD Verlag**

„Der Mönch und der Bader" ist der erste Teil aus der Reihe: „Der Schrei zu Gott"

Deutschland zum Ende des achtzehnten Jahrhunderts. Zwei erwachsene Menschen, ein noch junger Mönch, und ein in die Jahre gekommener Bader, erleben hautnah und zum Teil selbst in den Handlungen eingebunden, eine Zeit, in der es den Menschen sehr schlecht ging, und die Gelegenheit zum Lachen auf einem engen Raum begrenzte. Durch Krieg, der menschenverachtenden Raffsucht des Adels, der Kirche mit ihren Gesetzen, die jeden neuen Ansatz zur Verbesserung der Lebenslage der Menschen, sowohl materiell als auch ideell im Keime erstickten, und mit so genannten Gottesurteilen, dem Scheiterhaufen und der Folter durch die Inquisition, wurde den einfachen Menschen, besonders von denen auf dem Land, das Leben unsäglich schwer gemacht. Gott hat ja die Menschen nicht des Leidens und des Sterbens wegen geschaffen! Die Oberschicht des Landes sperrt sich vehement gegen jede Art von geistigem und materiellem Fortschritt, es sei denn, sie sind einzig und allein die Nutznießer dieser Veränderungen. Das Buch verspricht viel Spannung, in einer Atmosphäre voller Schikanen, sadistischem Missbrauch des Glaubens, Angst vor Folter und Todesqualen, Liebe, selbstloser Hilfe, unerträglicher Schmerzen, körperlichen Leides und zaghafter Hoffnung auf Besserung.

„Der Medicus und die Nonne" ist der zweite Teil aus der Reihe:
„Der Schrei zu Gott"

Deutschland am Anfang des neunzehnten Jahrhunderts.
Der Medicus und die Nonne ist eine frei erfundene Geschichte, und eine
Fortsetzung des Romans - „Der Mönch und der Bader". Der Roman ist ein
Werk der Phantasie, und nicht ein Ausschnitt aus der wirklichen Geschich-
te. Von den erwähnten Personen lebten nur: Napoleon, der Herzog von
Braunschweig. Marshall Davout, Graf Montgelas, Friedrich der Dritte - die
Generäle: Hohenlohe, Rüchel und Kalckreuth. Friedrich von Schiller und
Wolfgang Johann von Goethe. Alle anderen Namen sind frei erfunden, und
rein zufällig gewählt. Vieles von der Atmosphäre der Kriegsereignisse um
1806 ist verloren gegangen. Wo keine glaubhaften Aufzeichnungen vorhanden waren, habe ich meine Phantasie zu Rate gezogen. Nikolas, der
Mönch, erschüttert von dem kriegsbedingten, furchtbaren Leid der Menschen, kann dem Kloster nicht mehr dienen, versucht sein Glück im welt-
lichen Leben zu finden und trifft Hilde. Katarina, am Ende ihrer Kraft,
sucht ihr Heil im Kloster und hat den Wunsch Nonne zu werden. Zusammen mit Ferdinand, dem Medicus, erfährt sie das tiefe Glück der Liebe.
Das Schicksal will es so, dass sie eine andere Aufgabe erfüllen soll, die sie
in Lynhart suchen muss.

„Der Planet Venus und seine Kinder" ist der erste Teil

aus der Reihe: „Der Mensch und die Schöpfung"

In diesem Roman lesen sie etwas über die Schöpfung oder Gott wie manche auch dazu sagen. Wie entstand sie, und wo existiert sie? Unser Universum - ist es endlich? Was hat es mit den „guten" und mit den „bösen" Seelen auf sich? Gibt es dafür jeweils ein Universum? Und wenn ja, was erleben sie dort? Oder ist das alles nur eine Illusion, und wir liegen nach unserem Tod vier Meter tief in der Erde, und sind ein Festmahl für die Würmer? Nur – was ist, wenn wir wirklich als geistige Wesen in einem anderen Universum weiter leben? Was ist nach dem Urknall passiert? Venus, ein kleiner Planet am Rande einer Galaxis, entwickelt sich gut, was man von seinen denkenden Zweibeinern nicht sagen kann. Sie raffen, was sie raffen können, sind neidisch bis zum abwinken, und bringen sich mit dem Feuer der Sonne, grausam gegenseitig um. Am Ende gelingt es einer kleinen Gruppe von ihnen auf der Erde zu landen, die noch in den Anfängen einer ganz einfachen, menschlichen Entwicklung steckt.

Was werden die wenigen klugen Venusianer mit ihrem Wissen unternehmen? Wollen sie den Erdbewohnern dabei helfen, sich friedlich zu entwickeln oder wird die Abschlachterei von neuem beginnen?

Lesen sie das im zweiten. Teil: „Der Zweck unseres Lebens" aus der der Reihe: „ Der Mensch und die Schöpfung"

Dem Autor gelingt es, trotz der schwierigen Thematik, glaubhaft und spannend eine fantastische Geschichte zu erzählen. Es werden möglicherweise auch viele neue Fragen auftreten, was der Autor so sicherlich auch beabsichtigt hat.

Polarlichter

Bild von Beatrice Schwarzmeier
E-Mail: beatriceschwarzmeier@googlemail.com

www.dietmardressel.de

**Mehr Informationen unter
BoD Verlag**